밤의 거미원숭이

YORU NO KUMOZARU
by Haruki Murakami

Copyright © 1995 Harukimurakami Archival Labyrinth
All rights reserved.

Originally published in Japan by HEIBONSHA LTD., PUBLISHERS, Tokyo.
Korean translation rights arranged with Harukimurakami Archival Labyrinth, Japan
through THE SAKAI AGENCY and BOOKPOST AGENCY.

Illustrations by Mizumaru Anzai
Copyright © 1995 Anzai Mizumaru Jimusho

Korean translation copyright © 2003 by Munhaksasang, Inc.

이 책의 한국어판 저작권은 북포스트 에이전시와 사카이 에이전시를 통한 저작권자와의
독점 계약으로 ㈜문학사상에 있습니다. 저작권법에 의해 한국 내에서 보호를 받는
저작물이므로 무단 전재와 복제를 금합니다.

무라카미 하루키

초단편소설집

밤의 거미원숭이

안자이 미즈마루 그림
김춘미 옮김

문학사상

우리는 우리대로 즐기고,

들쥐는 들쥐 나름대로 재미있게 살면

되지 않을까요.

한국어판을 위한 서문

 자신의 작품이 이렇게 외국어로 번역되어, 외국 독자의 손에 쥐어지는 것은 작가에게, 아주 기쁘고 또 스릴 있는 일입니다. 이국의 책방 책꽂이에 꽂혀 있는 내 책을 낯모르는 누군가가 얼마간의 책값을 내고 집으로 가지고 가, 자기 책상에서 들춰 보는 광경을 상상하는 것만으로도 가슴이 뜁니다. 대체 어떤 사람일까, 대체 어떤 집일까, 그 사람은 대체 어떤 식으로 내 책을 읽을까… 하고.

 이 이야기는 외국이 아닌 일본에서의 일인데, 내가 『상실의 시대』(원제: 노르웨이의 숲)란 소설을 발표했을 때, 한 일본 여성으로부터 편지를 받았습니다. 그녀는 저녁나절부터 『상실의 시대』를 읽기 시작해서, 그대로 새벽까지 다 읽었다고 합니다. 도중에 책을 덮을 수 없었다고요. 그런데 마지막 페이지까지 다 읽었을 때, 남자 친구에게 꼭 안기고 싶어졌답니다. 하지만 시각은 새벽 네 시였고, 더구나 그녀의 남자 친구는 기숙사에 살고 있어서, 찾아갈 수도 없는 형편이었습니다.

그런데도 그녀는 도저히 참을 수 없었다는군요. 자전거인지 뭔지를 타고 그녀는 그가 살고 있는 기숙사까지 갔습니다. 벽을 기어 올라가(그의 방이 2층이었기 때문이죠), 창문을 똑똑 두드려 그를 깨우고, 방 안으로 들어가 그의 품에 꼭 안겼다고 합니다.

간신히 뜻을 이룬 셈이죠. 나는 그 편지를 읽고 무척 기뻤습니다. 더없이 행복한 기분이었습니다. 무엇보다 내가 쓴 소설이 그녀를 움직여, 그런 엄청난 일을 하게 했으니까요.

나는 이런 '소설의 효용'을 믿고 있는 아주 심플한 작가입니다. 이론이니 뭐니 하는 것들은 아무래도 상관없다고 생각합니다. 적어도 내게는 그렇습니다. 뭐가 어찌 되었든 나는 실제로 사람을 움직이는 소설을 쓰고 싶습니다. 상대가 여자든 남자든, 노인이든 젊은이든, 일본 사람이든 한국 사람이든, 그런 것에 관계없이 늘 그들의 마음을(혹은 몸을) 조금이나마 움직이게 하고 싶은 생각으로 소설을 쓰고 있습니다.

만약 다행스럽게도, 내 소설이 당신을 지금까지와는 다른 장소로 인도한다면, 그보다 더 큰 기쁨은 없습니다.

村上春樹

『밤의 거미원숭이』를 위한 서문

 나와 미즈마루 씨는 지금까지 꽤 오랫동안 함께 일을 해왔고, 서로 가까운 데 살고 있기도 하고, 자주 가는 생선초밥집이나 바도 대충 비슷해, 원고와 그림을 주고받기가 아주 편했습니다. 그 덕분에 모든 것이 화기애애한 분위기 속에서 진행되었습니다.

 나는 사실, 이 정도 길이의 짧은 스토리를 즐겨 씁니다. 물론 긴 장편소설을 쓰는 작업이 내게는 가장 소중한 일이지만, 틈틈이 이렇게 짧고 재미있고 펑키한 이야기를 쓰다 보면, 마음이 상당히 가벼워집니다.

 일이라기보다는 취미에 가까운지도 모르죠. 그래서 이번 달에는 무슨 이야기를 써야 하나 하고 고민한 기억은 없습니다. 책상 앞에 앉아, 생각나는 대로 술술 단숨에 써내려갔습니다. 조금도 고생스럽지 않았습니다.

자랑은 아니지만, 이 정도의 이야기라면, 나는 얼마든지 생각해낼 수 있으니까요.

　하지만 만약 당신이 '이런 이야기에 무슨 의미가 있느냐?'고 묻는다면, 나는 대답할 말이 없습니다. 특별한 의미가 없기 때문이죠.

　아니, '의미가 없다'고 하면, 오해를 부를지도 모르겠군요. '의미가 없다'는 말이 아니라, '나는 그 의미에 대해 잘 모른다'는 말이 맞을 겁니다. 의미는 아마도― 어딘가에 있겠죠. 내가 그런 이야기를 문득 떠올렸고, 거기에는 내가 그런 이야기를 떠올릴 만한 '필연성'이 반드시 있었을 테니까요. 분명히 들쥐 정도 크기의 필연성이.

　하지만 나는 그 들쥐가 수풀 속에서 대체 무슨 생각을 하는지 잘 모릅니다. 내가 아는 것은, 내가 이런 이야기를 술술 써내려갔다― 그것도 신나게 썼다는 것뿐입니다. 그러니까 재미있게 읽어주세요. 우리는 우리대로 즐기고, 들쥐는 들쥐 나름대로 재미있게 살면 되지 않을까요.

1996년 11월
무라카미 하루키

차례

한국어판을 위한 서문 · 7
『밤의 거미원숭이』를 위한 서문 · 10

1부

호른 · 19
연필깎이 · 23
훌리오 이글레시아스 · 27
타임머신 · 31
크로켓 · 35
트럼프 · 39
신문 · 43
도넛화 · 47

안티테제	51
장어	55
다카야마 노리코 씨와 나의 성욕	59
문어	63
무시쿠보 노인의 습격	67
스패너	71
도넛, 다시	75

2부

밤의 거미원숭이	81
아주 오래전 고쿠분지에 있었던 재즈 카페를 위한 광고	85
말이 표를 파는 세계	89
방콕 서프라이즈	93
맥주	97
속담	101
구조주의	105
무즙	109
자동응답전화기	114
스타킹	118
우유	122

굿 뉴스	125
능률 좋은 죽마	130
동물원	135
인도 장수 아저씨	139
천장 속	144
모쇼모쇼	148
세찬 비가 내리려 한다	152
거짓말쟁이 니콜	157
새빨간 양귀비	162
한밤중의 기적에 대하여, 혹은 이야기의 효용에 대하여	166
덤―아침부터 라면의 노래	170
후기, 하나 (무라카미 하루키)	173
후기, 둘 (안자이 미즈마루)	178

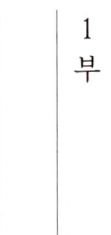

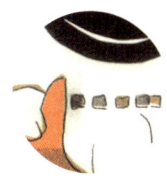

호른

예를 들면 호른이라는 악기가 있다. 그리고 그 호른 연주를 직업으로 삼고 있는 사람들이 있다. 이것은 이 세상이 어떻게 이루어져 있는가를 생각해보면 당연한 일일지 모르지만, 그런 일에 대해 진지하게 생각하기 시작하면, 내 머리는 입체적인 미궁처럼 혼란스러워진다.

왜 그게 호른이어야만 했을까?

왜 그는 호른 연주자가 되었고, 나는 되지 않았을까?

어떤 한 인간이 호른 연주자가 되는 행위에는, 어떤 한 인간이 소설가가 되는 것보다 훨씬 더 많은 수수께끼가 함축되어 있는 것처럼 느껴진다. 그것을 풀기만 하면 인생의 모든 것을 간단히 알 수 있는 그런 수수께끼다. 그러나 이렇게 생각하는 것은 결국 내가 소설가지 호른 연주자가 아니기 때문일지도 모른다. 만일 내가 호른 연주자였다면, 어떤 한 인간이 소설가가 되는 행위가 더 이상하게 보일지도 모른다.

그는 어느 날 오후, 깊은 숲속에서 호른과 우연히 맞닥뜨렸을는지도 모른다, 라고 나는 상상해본다. 그리고 세상 돌아가는 이야기를 하다가 아주 의기투합해서, 그는 직업적인 호른 연주자가 된 것이다, 라고. 혹은 호른은 그에게 극히 호른적인 신세타령을 했을는지도 모른다. 힘들었던 소년 시절이라든가, 복잡한 가정환경이라든가, 외모상의 콤플렉스라든가, 성적인 고민 같은 것을.

"바이올린이나, 플루트가 하는 일은 난 잘 몰라"라고 호른은 나뭇가지로 땅바닥을 후비면서 말했을는지도 모른다. "왜냐하면 나는 태어나면서부터 쭉 호른이었거든. 도대체가 나는 외국에 간 적도 없고, 스키를 탄 적도 없고…" 등등. 그날 오후를 경계로 해서 호른과 호른 연주자는 끊으려야 끊을 수 없는 좋은 콤비가 된다. 그리고 '플래시 댄스'와 같은 상투적인 힘든 나날을 거쳐, 호른과 호른 연주자는 지금 손

에 손을 잡고 화려한 무대에 서서 브람스의 피아노 협주곡 제1절을 연주하고 있는 것이다.

  콘서트홀의 의자에 앉아, 나는 문득 그런 일을 생각한다. 그리고 다른 숲속 깊은 곳에서 누군가 지나가기를 기다리고 있을지 모를 튜바에 대해서도.

연필깎이

　만일 와타나베 노보루라는 사람이 없었다면, 나는 아마 지금도 여전히 그 구질구질한 연필깎이를 계속 쓰고 있었을 게 틀림없다. 와타나베 노보루 덕분에 나는 반짝반짝 빛나는 새 연필깎이를 손에 넣을 수 있었던 것이다. 이런 행운은 그렇게 흔히 있는 일이 아니다.

　와타나베 노보루는 부엌에 들어서자, 곧 식탁 위에 있는 내 낡은 연필깎이에 시선을 멈추었다. 나는 그날 기분 전환을 위해 부엌 식탁에서 일을 하고 있었다. 그래서 연필깎이는 간장 종지와 소금 병 사이에 놓여 있었다.

　와타나베 노보루는 개수대의 배수 파이프를 수리하면서─그는 수도 수리공이다─가끔 식탁 위를 힐끗힐끗 곁눈질했다. 그렇지만 그때는 그가 광적인 연필깎이 수집가라는 사실을 알 턱이 없었으므로, 그가 도대체 무엇에 관심이 있어서 식탁 위로 날카로운 시선을 던지는지, 나는 짐작도 못 했다. 식탁 위에는 여러 가지 물건이 잡다하게 널려 있었다.

"저, 선생님, 그 연필깎이 참 멋지군요." 파이프 수리가 끝나자 와타나베 노보루가 말했다.

"이거요?" 나는 깜짝 놀라서 식탁 위의 연필깎이를 집어 들었다. 그것은 내가 중학교 시절부터 20년 이상 사용해온 극히 평범한 수동식 기계였고, 다른 것과 비교해도 특별한 구석이라곤 전혀 없는 물건이었다. 금속 부분은 몹시 녹이 슬었고, 윗부분에는 아톰 스티커 같은 것도 붙어 있었다. 이를테면 낡고 더러웠다는 이야기다.

"그 연필깎이는 말이죠, 1963년형 맥스 PSD라고 하는데요. 지금은 아주 구하기 힘든 물건이거든요." 와타나베 노보루가 말했다. "칼날이 맞닿는 부분이 다른 타입하고는 조금 다르죠. 그래서 연필 깎은 찌꺼기 형태도 미묘하게 달라지고요."

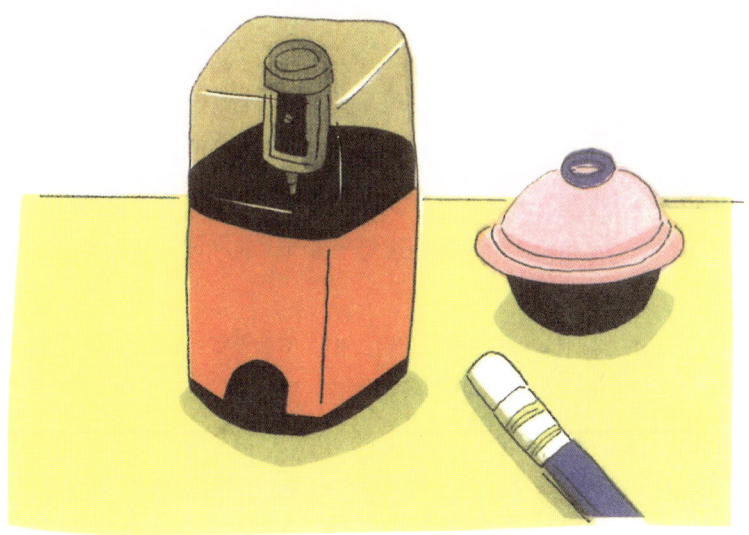

"허어."

 그렇게 해서 나는 최신식 연필깎이를 손에 넣었고, 와타나베 노보루는 1963년형 맥스 PSD—아톰 스티커가 붙은—를 손에 넣었다. 와타나베 노보루는 가방 속에 언제나 교환용 신품 연필깎이를 들고 다녔기 때문이다.

 되풀이하는 것 같지만 이런 행운이란 인생에서 그리 자주 있는 일이 아니다.

훌리오 이글레시아스

속아서 모기향을 빼앗긴 뒤, 우리에겐 바다거북의 습격으로부터 몸을 지킬 만한 것이 더 이상 남아 있지 않았다. 전화나 우편으로 통신판매 회사에 새 모기향을 주문하려고 시도해보았지만, 짐작했던 대로 전화선은 끊겨 있었고, 우편배달도 보름 전부터 끊긴 상태였다. 생각해보면 저 교활한 바다거북이 그런 일을 하도록 내버려둘 리가 없다. 녀석은 여태까지 우리가 갖고 있었던 모기향 때문에 실컷 쓴맛을 보았다. 지금쯤 틀림없이 푸른 바다 밑바닥에서 득의에 찬 미소를 짓고, 밤을 위해 낮잠을 자고 있을 것이다.

"우린 이제 끝장이군요." 그녀가 말했다. "밤이 되면 둘 다 바다거북에게 잡아먹힐 거예요."

"희망을 버려선 안 돼." 내가 말했다. "지혜를 짜내면 절대로 바다거북 따위한테 먹히지 않을 거야."

"그렇지만 모기향을 바다거북이 몽땅 훔쳐 가버렸잖아요."

"원리적 사고를 하도록 노력해야지. 바다거북이 모기향을 싫어한다면, 그 밖에도 틀림없이 녀석이 싫어하는 무언가가 있을 거야. 이를테면 훌리오 이글레시아스라든가."

"왜 하필 훌리오 이글레시아스예요?"

"모르겠어. 지금 갑자기 머리에 떠올랐어. 뭐, 일종의 육감 같은 거지."

나는 육감이 이끄는 대로 스테레오 턴테이블 위에 훌리오 이글레시아스의 「비긴 더 비긴Begin The Beguine」을 맞춰놓고, 날이 저물기를 기다렸다. 날이 저물면 틀림없이 바다거북이 우리를 습격하러 올 것이다. 그때 모든 일이 결정 난다. 우리가 먹히느냐, 바다거북이 우느냐다.

한밤중이 되기 조금 전, 문 근처에서 철퍼덕철퍼덕하는 습한 발걸음 소리가 들려왔을 때, 나는 잽싸게 레코드에 바늘을 올려놓있다. 훌리오 이글레시아스가 설딩물 같은 달콤한

목소리로 「비긴 더 비긴」을 노래하기 시작하자, 그 발걸음 소리는 딱 멈추었고, 대신에 고통스러워하는 듯한 바다거북의 신음 소리가 들려왔다. 그랬다. 우리가 바다거북한테 이긴 것이다.

   그날 밤 훌리오 이글레시아스는 「비긴 더 비긴」을 126번이나 노래했다. 나도 훌리오 이글레시아스는 싫어하는 편이지만, 다행히 바다거북만큼은 아니다.

타
임
머
신

노크 소리가 났다.

먹다 만 귤껍질을 고타쓰(전기 히터가 붙은 좌식 테이블) 위에 놓고 현관으로 나가 보았더니, 거기에 와타나베 노보루(수도 수리공이자 연필깎이 수집가)가 서 있었다.

"안녕하세요." 와타나베 노보루가 인사했다.

"안녕하세요." 어떻게 된 영문인지 잘 모르겠지만 일단 나도 인사했다. "저어, 수리를 부탁한 적이 없는데요."

"네, 알고 있습니다. 오늘은 제가 부탁이 있어서 찾아왔습니다. 사실은 댁에 구형 타임머신이 있다는 얘기를 들었거든요. 그래서 혹시 괜찮으시다면 신형과 교환해주시면 안 될까 해서…."

타임머신? 나는 깜짝 놀라 머릿속에서 그 말을 되풀이해 보았지만, 놀란 표정을 얼굴에 드러내지는 않았다. "있지요." 나는 아무렇지도 않은 듯이 말했다. "한번 보실래요?"

  "네, 보여주시기만 한다면 저야 좋죠."

  나는 와타나베 노보루를 내 방으로 데리고 가서, 귤껍질이 놓인 고타쓰를 보여주었다. 그리고 "자, 타임머신입니다"라고 말했다. 내게도 조금은 유머 감각이 있다.

  하지만 와타나베 노보루는 웃지 않았다. 그는 고타쓰에 덮여 있는 이불을 들추더니 진지한 얼굴로 스위치를 빙글빙글 돌리고, 눈금을 체크하고, 네 다리를 하나씩 잡아당겼다.

  "선생님, 이건 정말 일품입니다." 그는 한숨을 쉬면서 말했다. "굉장한데요. 1971년형 내쇼날의 '따끈따끈'입니다. 선생님도 이걸로 무척 기분 좋게 지내셨겠죠?"

  "네, 그야 뭐 그렇죠." 나는 적당히 대답했다. 다리가 하나 약간 흔들거렸지만, 따뜻하긴 했다.

  와타나베 노보루가 그것을 새 타임머신과 바꿀 수 없겠냐고 하기에, 나는 "좋아요"라고 대답했다.

와타나베 노보루는 밖으로 나가 집 앞에 주차해놓은 라이트에이스 승합차의 짐칸에서, 포장도 안 뜯은 신품 전기 고타쓰(혹은 타임머신)를 내렸다. 그리고 그것을 내 방으로 들여놓은 뒤, 대신에 내쇼날의 '따끈따끈'(혹은 타임머신)을 끌어안고 나갔다.

 "매번 죄송하네요." 와타나베 노보루는 이렇게 말하고 운전석에서 손을 흔들었다.

 나는 방으로 돌아와 귤을 마저 먹었다.

크로켓

집에서 일을 하고 있는데, 여자가 한 명 찾아왔다. 초록색 모직 코트를 입은 열여덟 살, 아니면 열아홉 살쯤 된 예쁜 여자였다. 그녀는 문간에서 우물쭈물하며 핸드백의 금속 장식을 만지작거리고 있었다.

"저, 연말 선물인데요"라고 그 여자는 작은 목소리로 말했다.

"아, 도장 찍어야 하나?"

"아니에요. 아닌데요. 제가 바로 연말 선물이에요."

"무슨 얘긴지 잘 모르겠는데?"

"저― 그러니까 선생님은 저를 마음대로 하셔도 되는 거예요. 어쨌든 연말 선물이니까요. K사의 선물 담당 직원이 여기로 찾아가라고 했어요."

"음." 나는 신음했다. K사라는 데는 내가 몇 번 일한 적이 있는 큰 출판사로, 그러고 보니 잔뜩 취했을 때 "연말 선물로는 무엇이 좋을까요?"라고 묻기에, "젊은 여자"라고 대답한 기억이 있었다. 하지만 그건 물론 농담이었고, 설마 일류 출판사가 정말로 그런 짓을 하리라고는 꿈에도 생각하지 못했다.

 "미안하지만 말이야, 지금 굉장히 바쁘거든. 우선 내일 마감인 일거리가 있어서 섹스하고 싶은 기분이 아니야. 게다가 요즘 꽤 자주 했거든. 오늘 온다는 걸 알았다면 힘을 조금 아껴두었을 텐데 말이야."

 내가 그렇게 말하자 여자는 훌쩍훌쩍 울기 시작했다. "정말 속상해요. 연말 선물로도 거절당하다니. 나라는 인간은 무엇 하나 되는 게 없어. 끝내 운전면허도 못 땄고."

 "자, 자, 그만한 일로 울 것까진 없잖아."

 그렇지만 여자는 계속 현관에서 훌쩍거렸다. 이웃 사람들 눈도 있고 해서, 나는 할 수 없이 그녀를 집으로 들이고 커피를 타주었다

"섹스가 안 된다면 뭔가 다른 걸로 제가 할 수 있는 일을 하게 해주세요. 어쨌든 넉넉히 두 시간 동안 서비스하고 오라고 상사가 지시했거든요. 가라오케라면 할 수 있어요. 사잔 올스타즈의 「사랑스러운 에리」를 아주 잘 부르거든요."

"노래 같은 건 하지 않아도 돼." 나는 당황해서 얼른 말렸다. 그랬다가는 일에 지장이 생기기 때문이다.

"그럼 크로켓을 만들게요. 크로켓을 굉장히 잘 만들거든요."

"좋―지."

누가 뭐라 해도 나는 크로켓이라면 정신을 못 차리니까.

트럼프

훌리오 이글레시아스의 레코드가 닳아빠지고 나자, 바다거북의 공격에서 우리를 지킬 수단은 아무것도 남아 있지 않았다. 우리는 매일 밤 훌리오 이글레시아스의 「비긴 더 비긴」을 틀어서 간신히 바다거북을 집 가까이에 오지 못하게 했던 것이다.

"우린 이제 끝장이군요." 그녀가 말했다. "모기향도, 훌리오의 레코드도 없어졌으니."

"아냐, 틀림없이 무슨 좋은 수가 있을 거야."

"윌리 넬슨이나 아바, 리처드 클레이더만은 안 될까요?"

"아마 안 될 거야. 바다거북에겐 훌리오밖에 효험이 없어."

나는 그걸 알 수 있었다.

나는 혼자 바닷가로 가서, 툭 튀어나온 바위 위에서 바닷속을 들여다보았다. 바다거북은 여느 때처럼 바다 밑바닥에 가만히 웅크린 채 낮잠을 자고 있었다. 밤의 습격을 위해 힘을 비축하고 있는 것이다. 하지만 아무리 바다거북의 모습을 위에서 내려다보아도, 새로운 격퇴법이 떠오르지 않았다. 너무 지쳐서 상상력이 전혀 발휘되지 않았다.

이번에야말로 우리도 끝장이군, 하고 나는 생각했다. 바다거북한테 먹혀서 삶을 마감한다니 비참한 일이다. 어머니가 들으면 뭐라고 하실까. 하나밖에 없는 외아들이 하필이면 바다거북한테 잡아먹혀서 생을 마쳤다니.

우리가 각오하고 마지막 저녁 식사를 마친 후, 느긋하게 차를 마시고 있을 때 바다거북이 왔다. 철퍼덕철퍼덕하는 발걸음 소리가 다가오더니, 그 소리가 집 주위를 천천히 한 바퀴 돌았다.

"이제 끝이에요." 그녀가 내 손을 잡았다.

"그런 것 같군. 길지는 않았지만 즐거운 일생이었어."

끼익— 소리와 함께 문이 열리고, 바다거북이 얼굴을 들이

밀었다. 그러고는 방 안에 모기향도 없고, 훌리오 이글레시아스의 노래도 없는 것을 확인했다. 바다거북의 손에는 트럼프 한 벌이 꼭 쥐여 있었다.

   트럼프?

   그때부터 우리는 매일 밤 셋이서 '51' 게임을 하며 놀고 있다. 특별히 재미있지는 않지만 잡아먹히는 것보다는 훨씬 낫고, 게다가 우리도 매일 밤 훌리오 이글레시아스가 좋아서 들었던 것은 아니기 때문이다.

신문

지하철 긴자선에서 난동을 부린다는 큰 원숭이 이야기를 들은 지 이미 몇 개월 된다. 나는 친구들한테서 여러 번 그들의 체험담을 들었고, 직접 내 눈으로 보기도 했다.

하지만 이처럼 큰 원숭이들이 맹위를 떨치고 있는데도, 신문에서 그에 관한 기사를 본 적도 없고, 경찰이 조사를 한 흔적도 없다. 신문이나 경찰이 큰 원숭이의 저주를 '별것 아닌 것'으로 생각하기 때문이라면, 나는 그들에게 크게 반성하라고 말하고 싶다. 큰 원숭이들의 활동 범위는 현재로서는 지하철 긴자선 차량에 한정되어 있지만, 이것이 마루노우치선이나 한조몬선으로 확대되지 않으리라는 보장은 없다. 만약 일이 그렇게 되고 나서야 뭔가 조치를 취하려 한다면 그때는 이미 늦은 것이다.

내가 목격한 것은 비교적 피해가 크지 않은 수준의 '큰 원숭이의 저주'였다. 2월 15일, 즉 밸런타인데이 다음 날의 일이다. 나는 오모테산도에서 긴자선을 타고 도라노몬으로 향하고 있었다. 내 옆에서는 40대 초반으로 보이는 단정한 옷차림의 샐러리맨이 마이니치신문을 열심히 읽고 있었다. 그가 읽고 있는 것은 '달러의 하락이 미국 경제에 인플레이션을 초래할 것인가?'라는 기사였다. 나는 그 밑에 있는 '5킬로 마르면 인생이 바뀐다'라는 신간 서적의 광고를 힐끔힐끔 보고 있었다.

지하철이 점차 아카사카미쓰케역에 가까워지고, 여느 때처럼 차내의 불이 꺼졌다가 곧 다시 켜졌다. 그런데 내가 다시 한번 옆자리의 마이니치신문에 눈길을 주었을 때, 거기에 이변이 일어나 있었다. 신문의 좌우가 뒤바뀌어 있었던 것이다.

'?가인것 할래초 을션이레플인 에제경 국미 이락하 의러달'
'다뀐바 이생인 면르마 로킬5'

"저런 저런, 또 원숭이 녀석들 짓이군요." 샐러리맨이 나한테 말했다. "정말이지 정부는 도대체 뭘 하고 있는 걸까요?"

"글쎄 말입니다."

이런 일이 언제까지고 계속된다면 정말이지 곤란하다.

도
넛
화

   3년 동안 교제하며 결혼하기로 약속한 애인이 도넛화化해버리고, 그래서 우리 사이가 거북해졌을 때쯤—도대체 어느 누가 도넛화해버린 애인과 잘 지낼 수 있겠는가?—나는 매일 밤 고주망태가 되어 「시에라마드레의 보물」에 나오는 험프리 보가트처럼 비쩍 마르고 초췌해져 있었다.

   "오빠, 제발 부탁이니깐 그 여자는 단념해. 이러다가 쓰러지겠어." 누이동생이 충고했다. "오빠 마음은 잘 알지만, 한번 도넛화해버리면 다신 원상 복귀되지 않아. 이젠 확실하게 결단을 내려야 한다고. 안 그래?"

   분명히 누이동생 말이 맞다. 누이동생이 말하듯, 한번 도넛화한 것은 영원히 도넛화한 채 있는 것이다.

나는 애인에게 전화를 걸어 작별을 고했다. "너하고 헤어지는 건 괴롭지만, 결국 이렇게 될 운명이었나 봐. 너를 평생 잊지 못할 거야… 어쩌고저쩌고."

"당신은 아직도 모르는군요." 도넛화한 애인이 말했다. "우리 인간 존재의 중심은 무예요. 아무것도 없는 제로라고요. 왜 당신은 그 공백을 똑바로 직시하려 하지 않죠? 왜 주변부에만 눈길이 가는 거냐고요!"

'왜?'라고 질문하고 싶은 것은 오히려 내 쪽이었다. 왜 도넛화한 사람들은 그처럼 편협한 생각밖에 하지 못하는 것일까?

하지만 어쨌든, 그렇게 해서 나는 애인과 헤어졌다. 지금으로부터 2년 전의 이야기다. 그리고 작년 봄, 이번에는 누이동생이 아무 예고도 없이 도넛화해버렸다. 조치대학을 나와 일본항공에 근무하기 시작한 지 얼마 지나지 않아, 출장 간 삿포로의 호텔 로비에서 갑자기 도넛화해버린 것이다. 어머니는 집에 틀어박혀 매일매일 울면서 보내고 있다.

나는 가끔 누이동생에게 전화를 걸어, "잘 지내?"라고 물어본다.

"오빠는 아직도 몰라?" 도넛화한 누이동생은 말한다. "우리 인간 존재의 중심은…."

안
티
테
제

　작년 9월에 안티테제를 채집하러 보르네오로 간 뒤 소식이 끊겼던 백부에게서, 이제야 겨우 그림엽서 한 장이 도착했다. 고상식高床式 집에, 야자수가 그려진 흔한 그림엽서였지만, 글쓰기를 싫어하기로 유명한 백부에게서 편지가 왔다는 사실만으로도 그것은 사건이었다.

　"정말 유감스러운 일이지만, 요즘은 여기에도 대형이라고 할 만한 안티테제는 사라진 것 같아"라고 백부는 썼다. 글씨가 삐뚤삐뚤한 것은 카누 위에서 썼기 때문이다.

　"원주민들은 8미터급 안티테제는 최근 몇 년 동안 본 적이 없다고 하더구나. 내가 지난달에 채집한 것은 길이가 5미터 25센티미터짜리로 중형에 불과하지만, 그것조차도 그들 말에 의하면 '기적'이라는 거야. 정말 한심한 얘기지. 안티테제의 감소는 화산재가 적어졌기 때문이라는 사람도 있고, 지열이 변한 탓이라고 하는 사람도 있다. 하지만 정확한 원인은 알 수 없어. 이렇게 나가다간 유월에나 일본에 돌아가게 될 것 같다."

내 방에는 12미터 반짜리 안티테제를 원주민에게 둘러매게 하고, 그 앞에서 포즈를 취하고 있는 오래된 백부의 사진이 걸려 있다. 백부가 그 초대물을 찾아낸 것은 1966년의 일이었는데, 그것이 1960년대에 채집된 가장 큰 안티테제라고 공식적으로 기록되어 있다. 당시는 백부가 안티테제 채집가로서 한참 물이 오른 때여서, 사진에서도 그 기백 같은 것을 생생하게 느낄 수 있다. 안티테제 채집가에게, 그것은 '대항해 시대'라고 부를 만한 행복한 시절이었다.

우리가 프랑스요릿집에서 진짜 윤이 나는 안티테제를 보는 일은, 낙하하는 운석을 테니스 라켓으로 받는 것만큼이나 힘든 일이 되어버렸다. 물론 지금도 가끔 메뉴에 있지만, 그것은 전부 인도산으로 버석버석해서 거의 아무 맛도 느낄

수 없는 안티테제이며, 그조차도 냉동한 것이다. 백부가 그런 메뉴를 보았다간 그 자리에서 북북 찢어버릴 것이다. '대안티테제 아니면 무無'라는 것이 그분의 입버릇이기 때문이다.

장어

　가사하라 메이가 우리 집에 전화를 걸어온 것은 새벽 네 시 반이었고, 당연히 나는 깊은 잠에 빠져 있었다. 벨벳처럼 푹신푹신하고 따뜻한 잠의 늪 속에, 장어나 고무장화와 함께 푹 잠겨서, 일시적이나마 그런대로 유효한 행복의 과실을 탐식하고 있었다. 그런 참에 전화가 걸려온 것이다.
　따르릉따르릉.
　맨 먼저 과일이 사라지고, 장어와 고무장화가 사라지고, 마지막으로 늪이 사라지고, 결국 나만 남았다. 서른일곱 살의, 술주정뱅이에다, 남한테 별로 호감을 주지 못하는 나만이 남겨졌다. 도대체 어느 누가 나한테서 장어와 고무장화를 빼앗을 권리가 있단 말인가?

따르릉따르릉, 따르릉따르릉.

"여보세요?" 가사하라 메이가 말했다. "여보세요?"

"네, 여보세요."

"아, 나 가사하라 메이야. 밤늦게 미안해. 또 개미가 나왔거든. 부엌 옆에 있는 기둥에 둥지를 틀었어. 목욕탕에서 쫓아낸 녀석들이 오늘 밤 이쪽으로 둥지를 옮겼나 봐. 그래, 몽땅 옮겼다니까. 통통한 하얀 새끼 같은 것까지 운반했다고. 정말 못살겠어. 그러니깐 말이야, 또 그 스프레이 좀 갖고 와줄래? 밤늦게 미안하지만, 난 정말이지 개미가 싫거든. 응? 이해하지?"

나는 암흑 속에서 격렬하게 머리를 흔들었다. 가사하라 메이가 누구야? 내 머리에서 장어를 빼앗아 간 가사하라 메이라는 인간이 도대체 누구냐 말이야?

나는 가사하라 메이에게 그 질문을 던졌다. "어머나, 미안해요. 전화를 잘못 걸었나 봐요."

가사하라 메이가 몹시 미안한 듯이 말했다. "난 개미 때문에 지금 굉장히 혼란스럽거든요. 개미기 몽띵 둥지를 옮겨

서 말이에요. 미안해요."

 가사하라 메이가 먼저 전화를 끊었고, 내가 그 뒤에 수화기를 내려놓았다. 이 세상 어딘가에서 개미가 둥지를 옮겼고, 가사하라 메이가 누군가를 필요로 하고 있다.

 나는 한숨을 쉬며 이불을 뒤집어쓰고, 눈을 감고, 다시 잠의 늪 속에서 그 우호적인 장어들의 모습을 찾았다.

다카야마 노리코 씨와 나의 성욕

지금까지의 인생에서 제법 많은 여성들과 나란히 걸어보았지만, 다카야마 노리코(25세) 씨만큼 빨리 걷는 여성은 보지 못했다. 그녀는 마치 '방금 기름을 쳤지'라고 말하듯 양팔을 기분 좋게 앞뒤로 흔들며, 큼직한 보폭으로 아주 즐거운 듯이 거리를 걷는다. 조금 떨어진 곳에서 보면, 걷고 있는 그녀 모습은 마치 투명한 날개라도 달린 물맴이 같다. 민첩하고, 매끄럽고, 비가 그친 직후의 햇살처럼 행복해 보인다.

처음 그녀와 단둘이 나란히 걸었을 때(우리는 센다가야초등학교 앞에서부터 아오야마1가까지 동행했다), 나는 그녀의 빠른 걸음걸이에 깜짝 놀랐다. 이 사람은 나와 같이 있는 것이 싫어서, 조금이라도 빨리 걷는 것이 아닐까 싶을 정도였다. 그렇지 않다면 저렇게 빨리 걸음으로써 내 성욕을 얼마간이라도 감퇴시키려는 것이 아닐까 하고 생각했다(나는 다카야마 노리코 씨에게 성욕을 느낀 적이 없기 때문에, 그런 행동이 유효했는지 어떤지 판단하기 어렵지만).

하지만 그녀의 빠른 걸음걸이에 다른 뜻은 없었다. 그녀가 날듯이 걷는 것은 단지 그렇게 걷는 것을 좋아하기 때문이라는 사실을, 그로부터 몇 달이 지나서야 알게 되었다. 초겨울의 요쓰야역 앞에서, 혼잡한 사람들 속을 혼자 걷고 있는 그녀의 모습을 보았다. 그때도 그녀는 역시 뭔가 비정상적이라고 할 만큼 굉장한 속도로, 편의상 도쿄라는 이름으로 불리고 있는 이 지표 위, 어딘가에서 또 다른 어딘가로 이동하고 있었다. 오른손으로 숄더백의 끈을 꽉 잡고, 트렌치코트 자락을 바람에 펄럭이면서, 등을 곧게 편 채 걷고 있었다.

내가 대여섯 발 그쪽으로 다가가 말을 걸려고 했을 때, 이미 그녀는 훨씬 더 저쪽 편에 있었고 나는 「여정」의 라스트 신의 로사노 브라치 같은 멋쩍은 모습으로, 혼자 요쓰

야역 앞에 남겨졌다. 그렇지만 다카야마 노리코 씨가 내 성욕에 대해 오해하지 않았다는 사실을 알게 돼서, 나는 무척 기뻤다.

문어

    와타나베 노보루가 나한테 문어 그림이 그려진 엽서를 보내왔다. 문어 그림 밑에는 그 특유의 비뚤비뚤한 글씨로 이런 글이 쓰여 있었다.
    "지난번에는 제 딸이 지하철에서 당신에게 신세를 많이 졌다지요. 감사합니다. 언제 가까운 시일 내에 문어라도 먹으러 갑시다."
    나는 엽서를 읽고 깜짝 놀랐다. 왜냐하면 나는 한동안 여행을 하고 있었기 때문에, 거의 두 달 동안 지하철 같은 것은 타지 않았으며 지하철에서 와타나베 노보루의 딸을 도와준 기억도 전혀 없었기 때문이다. 나는 그에게 딸이 있다는 사실조차 몰랐다. 아마 다른 누군가와 나를 혼동하고 있는 거겠지.

그렇지만 문어를 먹자는 얘기는 나쁘지 않다.

나는 와타나베 노보루에게 편지를 썼다. 엽서에 개똥지빠귀 그림을 그리고 그 밑에, "지난번 엽서는 감사합니다. 문어 좋지요. 먹으러 갑시다. 월말에 연락 주세요"라고 썼다.

하지만 한 달이 지나도 와타나베 노보루에게서는 연락이 없었다. 늘 그렇듯이 이번에도 잊어버렸나 보다,라고 생각했다. 나는 그 한 달 동안 묘하게 문어가 먹고 싶었지만, 어차피 와타나베 노보루와 먹으러 갈 거니깐 하고 미루다가 결국 못 먹고 말았다.

내가 문어도, 와타나베 노보루도 잊어버렸을 때쯤 그에게서 또 엽서가 왔다. 이번 엽서에는 개복치 그림이 그려져 있었고 그 밑에 글이 있었다.

"지난번 문어는 참 맛있었습니다. 저도 오랜만에 문어다운 문어를 맛볼 수 있었습니다. 그렇지만 그날 얘기한 당신의 생각에 대해서는 약간 이의가 있습니다. 결혼 적령기가 된 딸을 가진 부모로서, 저는 당신의 성적 가치관에 대해서

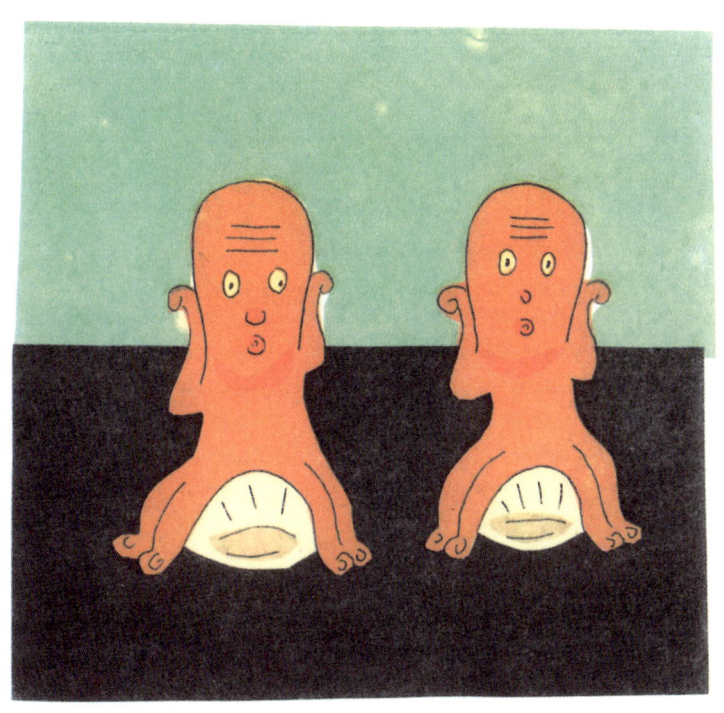

는 아무래도 수긍하기 어렵습니다. 가까운 시일 내에 냄비 요리라도 먹으면서 천천히 얘기를 나눕시다."

저런 저런, 나는 한숨을 쉬었다. 와타나베 노보루는 또 나와 누군가를 혼동하고 있는가 보다.

무시쿠보 노인의 습격

"제가 무시쿠보 노인입니다." 무시쿠보 노인이 여기까지 말하고 헛기침을 했다.

"예, 잘 알고 있습니다." 내가 대답했다. 이 부근에 사는 사람치고 무시쿠보 노인을 모르는 사람은 없다.

"갑작스러운 얘깁니다만, 오늘은 젊은 아가씨들의 처녀성에 대해 당신하고 얘기를 하고 싶군요."

"자, 잠깐만요. 저는 지금 저녁 식사 준비를 하던 참이거든요. 그런 얘기라면 다음에…."

나는 당황해서 상대방을 돌려보내려 했지만, 무시쿠보 노인이 눈치채고 잽싸게 문 안으로 상반신을 밀어 넣었다.

"길게 시간을 뺏지는 않겠습니다. 그냥 요리를 계속해도 상관없고요. 여기서는 음식을 만들면서도 얘기할 수가 있겠지요."

정말 어쩔 수 없군, 하고 생각하면서 나는 부엌칼로 마늘과 가지를 싹둑싹둑 썰었다. 부엌문으로 들어오다니 정말이지 용의주도하다. 무시쿠보 노인은 보통 때는 꽤 노망기를 보이는데, 이런 때는 무척 머리 회전이 빠른 것 같다.

"무얼 만드는 중입니까?" 무시쿠보 노인이 흥미 있는 듯 내게 물었다.

"음— 가지와 마늘이 든 스파게티하고 강낭콩 샐러드입니다."

"그게 댁의 저녁 식사입니까?"

"그렇습니다."

내가 저녁 식사로 무얼 먹든 남이 상관할 바가 아니다. 강낭콩이 먹고 싶으면 강낭콩을 먹고 호박이 먹고 싶으면 호박을 먹는다. 젊은 여성의 처녀성과 마찬가지로 무시쿠보 노인이 이러쿵저러쿵 간섭할 일이 아니다. 차라리 단도직입적으로 그렇게 말해줄까 생각했지만, 무시쿠보 노인에게 미

움을 사면 동네방네 무슨 얘기를 하고 다닐지 모르기 때문에, 나는 꾹 참고 잠자코 있었다. 어쨌든 무시쿠보 노인은 자기가 하고 싶은 얘기를 다 하고 나면 돌아갈 것이다.

내가 스파게티와 샐러드를 먹고 접시를 다 닦을 때까지, 무시쿠보 노인은 문간에 선 채 잠시도 쉬지 않고 장황하게 처녀성의 중요성에 대한 얘기를 계속했다. 목소리가 무척 컸기 때문에 노인이 돌아가고 나서도 한참 동안 귀가 윙윙 울렸다. 뜻하지 않은 재난이었다. 그러다가 나는 문득 생각했다. 요즘은 처녀를 거의 볼 수가 없다고.

스패너

  마유미가 처음으로 쇄골을 으깨놓은 젊은 남자는, 스포일러가 붙은 하얀 닛산 스카이라인을 몰고 있었다. 이름은 모른다. 일요일에 집 근처를 산책하고 있을 때, 그 남자가 "드라이브하지 않을래?" 하고 말을 걸어왔다. 별생각 없이 올라탔는데, 에노시마 근처에서 강제로 모텔에 끌고 들어가려 해서, 마유미는 옆에 있던 스패너를 집어 들고 상대방의 어깨를 힘껏 내리쳤다. 그러자 푹 소리가 나면서 쇄골이 부러진 것이다.

  그녀는 낑낑 신음 소리를 내면서 괴로워하는 남자를 남겨두고 차에서 뛰쳐나와, 가까이에 있는 오다와라역까지 뛰어갔다. 승차권 자동 발매기에서 표를 사려고 했을 때에야 비로소 자기가 아직도 오른손에 대형 스패너를 쥐고 있다는 사실을 깨달았다. 주위 사람들이 모두 이상하다는 듯이 그녀와 스패너를 힐끔힐끔 쳐다보았다. 하긴 당연한 일이다. 젊고 아름다운 아가씨가 스패너를 꽉 쥐고 지하철을 타려 한다면 누구든 '무슨 일일까?' 하고 궁금해할 것이다.

그녀는 아무렇지도 않은 듯 스패너를 숄더백에 집어넣은 뒤, 지하철을 타고 집으로 돌아왔다.

"그 이후 난 이 스패너를 백에 넣고 다녀. 물론 파티 같은 데는 갖고 가지 않지만."

"흐음." 나는 아무렇지도 않은 듯 말했다. "그래, 그걸 사용할 기회가 그 뒤에도 또 있었어?"

"응." 그녀는 백미러를 보며 입술연지를 고쳐 그리면서 대답했다. "두 번 정도. 한 번은 페어레이디, 또 한 번은 실비아에서였어. 그런데 어째서 번번이 닛산 자동차일까?"

"역시 모두 쇄골이었어?"

"그럼. 쇄골이 제일 노리기 쉬워. 생명에도 지장이 없고."

"흐음" 하고 말하면서, 나는 다시 한번 마음속으로 신음했

다. 쇄골이 부러지면 굉장히 아프겠지. 생각만 해도 소름이 끼친다.

"하지만," 그녀는 탁 하고 화장 백을 닫으면서 말했다. "이 세상에는 쇄골이 부러져도 싼 녀석들이 많다니까."

"그야, 그렇지만." 나는 대답했다.

그야, 그렇지만.

도넛, 다시

    조치대학 도넛연구회라는 모임에서—정말 요즘 대학생들은 별의별 것을 다 생각해낸다니까—도넛의 존재 방식에 대해 얘기를 나누고 싶은데 심포지엄에 참가해줄 수 있겠냐는 전화가 걸려왔다. "좋습니다" 하고 나는 대답했다. 나도 도넛에 대해서는 일가견이 있고 지식·견식·안목, 어느 면으로나 아직 웬만한 대학생한테 지지 않는다.

    조치대학 도넛연구회의 가을 모임은 호텔 뉴 오타니 홀에서 개최되었다. 밴드 연주와 도넛 맞추기 게임이 있었고, 저녁 대신 스낵이 나온 후 옆방에서 심포지엄이 열렸다. 나 말고도 유명한 문화인류학자라든가 요리평론가 등이 참석했다.

    "만일 도넛이 현대문학에서 힘을 가질 수 있다면, 그것은 의식 속의 영역을 동일시하는 어떤 종류의 개인적 수속력收束力에 직접 관련된 불가결한 요인으로서…."

사례금은 5만 엔이었다.

나는 그 5만 엔을 호주머니에 집어넣고 호텔 바로 자리를 옮겨, 도넛 맞추기 게임에서 알게 된 불문과 여학생과 단둘이 보드카 토닉을 마셨다.

"결국, 당신 소설은 좋든 나쁘든 도넛적이에요. 플로베르는 틀림없이 도넛 따윈 한 번도 생각하지 않았던 게 아닐까요?"

그렇겠지, 플로베르는 아마도 도넛 따윈 생각도 안 해봤겠지. 그렇지만 지금은 20세기고, 이제 곧 21세기가 되려고 하는 시점이다. 이제 와서 새삼스럽게 플로베르 이야기를 꺼내면 곤란하다.

"도넛은 나다"라고 나는 플로베르 흉내를 내면서 말했다.

"당신은 정말 재미있는 분이에요"라며 여학생은 킬킬 웃었다. 자랑은 아니지만, 나는 불문과 여학생을 웃기는 데는 제법 소질이 있는 편이다.

2부

밤의 거미원숭이

밤 두 시. 내가 책상 앞에서 무언가 쓰고 있을 때, 창문을 억지로 열고 거미원숭이가 들어왔다.

"이봐, 자넨 누구야?" 내가 물었다.

"이봐, 자넨 누구야?" 거미원숭이가 말했다.

"흉내 내지 마." 내가 말했다.

"흉내 내지 마." 거미원숭이가 말했다.

"**흉 내 내 지 마.**" 나도 흉내 내며 말했다.

"**흉 내 내 지 마.**" 거미원숭이도 다시 흉내 내며 말했다.

정말 귀찮게 됐군, 하고 나는 생각했다. 이놈 거미원숭이는 남의 말을 들으면 흉내 내기를 좋아해서 아무도 못 말린다. 그래서 밤의 거미원숭이에게 붙잡히면 한도 끝도 없다.

대충 상대하고 이 녀석을 내쫓아야 한다. 나는 무슨 일이 있어도 내일 아침까지 끝내야 할 일거리가 있다. 언제까지 이런 짓을 계속하고 있을 수는 없다.

"헷뽀 쿠라쿠라 시만가 도테무야, 그리니 가마수토 기미하코루, 빠꼬빠고." 나는 빠른 말투로 말했다.

"헷뽀 쿠라쿠라 시만가 도테무야, 그리니 가마수토 기미하코루, 빠꼬빠고." 거미원숭이가 말했다.

내가 한 말이지만 나도 입에서 나오는 대로 엉터리로 말했으므로, 거미원숭이가 정확히 따라 했는지 어떤지 판단할 수 없다. 의미 없는 행위다.

"그만둬." 내가 말했다.

"그 만 둬." 거미원숭이가 말했다.

"틀렸어. 지금은 명조체로 말했다고."

"틀렸어. 지금 것은 명주체로 말했다고."

"글씨가 다르잖아."

"굴씨가 다르잖아."

나는 한숨을 쉬었다. 무슨 말을 해도 거미원숭이한테는 안

통한다. 나는 더 이상 아무 말 하지 않고 잠자코 일을 계속하기로 했다. 그렇지만 내가 워드프로세서의 키를 누르자, 거미원숭이는 잠자코 복사 키를 눌렀다. 탕. 그렇지만 내가 워드프로세서의 키를 누르자, 거미원숭이는 잠자코 복사 키를 눌렀다. 탕.

  그만둬. 그만둬.

아주 오래전 고쿠분지에 있었던 재즈카페를 위한 광고

처음부터 흥을 깨는 것 같습니다만, 여기는 남녀노소를 불문하고 아무나 가벼운 마음으로 들어오시라는 그런 종류의 가게가 아닙니다. 특히 여름에는 약간 문제가 있습니다. 냉방장치가 별로 신통치 않습니다. 전혀 안 된다는 것이 아니라, 바람이 나오는 입구 근처는 꽤 시원합니다만, 조금만 떨어지면 여간해서는 찬바람이 와닿지 않습니다. 어쩌면 기계에 뭔가 구조적인 문제가 있는지도 모르겠습니다. 새것으로 바꾸면 좋겠지만, 그렇게 간단히 바꿀 수 없는 사정이 있습니다.

이 가게에서는 음악을 틀고 있습니다. 만약 당신이 재즈 팬이 아니라면, 이 음량이 상당히 불쾌하게 느껴질 것입니다. 그러나 반대로 당신이 열렬한 재즈 팬이라면, 이 음량 가지고는 부족하다고 느낄 것입니다.

당신이 어느 쪽에 속하더라도, 제발 가게 주인을 비난하지는 말아주세요. 이것은 '어떤 사람도 모두를 만족시킬 수는 없다'라는 사실을 증명하는 좋은 예입니다.

존 콜트레인의 레코드는 별로 없습니다. 그대신 스탠 게츠의 레코드는 많이 있습니다. 키스 재럿의 레코드는 없습니다만, 클로드 윌리엄슨의 레코드는 다 갖추고 있습니다. 그런 일로 가게 주인에게 따지지는 말아주세요. 원래 그런 시스템으로 되어 있으니까요.

일주일에 한 번 라이브 공연이 있습니다. 젊은 뮤지션들이 약간의 돈을 벌기 위해 열심히 연주합니다. 피아노는 싸구려 업라이트고, 조율도 약간 잘못되어 있습니다. 연주의 질은 가지가지입니다만, 대체로 기운차고, 음량만은 늘 크니까, 애인하고 속삭일 때의 배경 음악으로는 부적당할 겁니다.

가게 주인은 말수가 없다고 할 정도는 아닙니다만, 그다지 얘기를 많이 하지도 않습니다. 어쩌면 단순히 얘기를 잘

못하는 것뿐인지도 모릅니다. 한가할 때는 카운터에 앉아서 책을 읽고 있습니다. 사실을 말하자면, 그는 4년 뒤 우연한 계기로 소설을 써서 문예지의 신인상을 받게 되는데, 그런 일은 아직 아무도 모릅니다. 본인조차도 모르고 있습니다. 자기는 고쿠분지의 재즈 카페 주인으로, 좋아하는 음악을 매일 들으면서 조용히 일생을 마치게 되리라고 생각하고 있습니다. 세상일이란 정말 모를 일이죠?

어쨌든 지금은 오후 두 시 반이고,「런던하우스의 빌리 테일러」연주가 흐르고 있습니다. 뭐, 그다지 대단한 연주는 아닙니다. 그렇지만 가게 주인은 이 레코드를 비교적 좋아합니다. 제발 그걸로 그를 나무라지는 말아주세요.

말이 표를 파는 세계

5월 7일 금요일.

나는 아버지에게 "저기 아버지, 사람이 죽으면 어디로 가요?" 하고 물어보았습니다. 전부터 그것이 무척 궁금했기 때문입니다.

아버지는 잠시 생각한 뒤에, "**사람**은 죽으면 말이 표를 팔고 있는 세계로 가서, 거기서 말한테 표를 사서 기차를 타고, **도시락**을 먹지. 도시락에는 어묵과 다시마말이와 양배추를 가늘게 썬 것이 들어 있어"라고 말했습니다.

나는 그 얘기에 대해 한참 생각해보았습니다. 하지만 왜 죽은 뒤에 어묵과 다시마말이를 먹어야 하는지 알 수가 없었습니다. 왜냐하면 작년에 할머니가 돌아가셨을 때, 우리는 다

같이 특초밥을 주문해서 먹었거든요. 그런데 왜 죽은 **사람**은 어묵과 다시마말이와 양배추밖에 먹을 수 없는 것일까요? 그건 **불공평**한 느낌이 듭니다.

내가 이렇게 말하자, 아버지는 "**사람**은 죽으면 어찌 된 일인지 어묵과 다시마말이와 양배추가 먹고 싶어지는 법이란다. 그런 거야"라고 말했습니다.

"그러고 나서 어떻게 돼요? **도시락**을 먹고 난 다음에는요?"

"기차가 종점에 도착하면 거기서 내리지. 그리고 또 다른 말한테 표를 사서 다른 기차를 타지."

"그래서 또 어묵과 다시마말이와 양배추 도시락을 먹게 되나요?" 나는 참을 수가 없어서 소리쳤습니다. 더 이상 어묵하고 다시마말이하고 양배추 따윈 보고 싶지 않았기 때문입니다. 나는 아버지에게 혀를 날름 내밀고, "흥, 난 그런 거 안 먹을 거라고요"라고 말했습니다.

그러자 아버지는 가만히 나를 노려보았습니다. 그는 이미 아버지가 아니라 말이었습니다. 아버지 말은 손에 표를 들고 있었습니다. "히힝, 그렇게 떼쓰먼 인 돼. 닌 나한테서 이

표를 사서 기차를 타고, 언제까지고 언제까지고 어묵과 다시마말이와 양배추 썬 것을 먹어야 해. 히힝 히힝."

나는 너무 무섭고 두려워서 엉엉 울었습니다. 한참 지나, 아버지는 말에서 다시 아버지로 돌아왔습니다.

"자, 울지 마라. 이제 둘이서 맥도날드에 햄버거 먹으러 가자."

아버지는 다정한 목소리로 말했습니다. 그제야 나는 겨우 울음을 그쳤습니다.

방콕 서프라이즈

"여보세요. 5721-1251인가요?" 여자 목소리가 들렸다.

"그렇습니다. 5721-1251입니다."

"죄송합니다. 사실 저는 5721-1252에 전화를 걸고 있었는데요."

"네에."

"아침부터 벌써 서른 번 정도 계속 전화를 걸어도 안 받아요. 아마 여행이라도 갔는지 모르겠어요."

"그래서요?"

"그래서 말이죠, 말하자면 이웃사촌 같아서, 문득 5721-1251에 전화를 걸어볼까 생각한 거예요…."

"네."

여자가 작게 헛기침을 했다.

"저는, 어젯밤에 방콕에서 돌아왔어요. 방콕에서 굉-장-한 일이 있었어요. 도저히 믿을 수 없을 정도로 굉-장-한 일이요. 원래는 일주일 있을 예정이었는데, 그 일 때문에 사흘 만에 돌아왔죠. 그래서 그 얘기를 하려고 계속 1252번에 전화를 걸었어요. 누구에겐가 얘기하지 않으면 잠을 잘 수 없을 것 같고, 그렇다고 아무한테나 할 수 있는 얘기도 아니고, 그래서 어쩌면 1251번의 사람이 들어주지 않을까 생각해서 말이에요."

"흐음."

"하지만, 사실 저는 여자분이 받지 않을까 생각했어요. 이런 얘기는 여자가 더 편하거든요."

"그래요."

"댁은 몇 살이세요?"

"지난달에 서른일곱 살이 되었습니다."

"음. 서른일곱 살? 좀 더 젊으면 좋겠는데. 미안해요. 이런 말을 해서."

"아뇨, 괜찮습니다. 상관없어요."

"미안해요." 그녀가 말했다. "5721-1253에 걸어볼게요. 그럼 안녕."

그렇게 해서 방콕에서 무슨 일이 일어났는지, 나는 끝내 알 수 없었다.

맥주

　오가미도리 씨의 본명은 도리야마 교코인데, 저자에게서 원고를 받을 때는 언제나 절이라도 하듯 깊숙이 고개 숙이며, "감사합니다. 황송하게 원고를 받겠습니다"라고 하기 때문에, 편집부 사람들 모두가 오가미도리_{정중하게 인사하며 받는다는 뜻}라고 부르고 있다.

　도리야마 씨는 스물여섯 살이고, 제법 귀티가 나는 미인이며, 독신이다. 도쿄학예대학 국문과 출신으로 회사에 들어온 지 그럭저럭 4년이 되어간다. 가슴이 크고, 플레어스커트를 즐겨 입는다. 입고 있는 옷에 따라서는 깊숙이 고개 숙일 때 살짝 가슴의 봉긋한 부분이 보일 때가 있어서, 작가들은 도리야마 씨가 일을 부탁하면 자기도 모르게 수락해버리게 된다. 편집장은 그녀를 마음에 들어 하고 있다.

"바로 저런 것이 교양 있는, 좋은 가정 출신이라고 하는 거지. 요즘 대학 나온 여자 중에 오가미도리 씨만큼 제대로 존댓말을 쓸 수 있는 사람이 몇이나 돼? 저 여자만큼 고상한 말을 쓸 수 있는 사람이 어디 또 있겠냐고."

그렇지만 나는 오가미도리 씨의 비밀을 조금 알고 있다. 전에 한번 일요일 아침 열 시에 오가미도리 씨의 집에 전화를 건 적이 있다. 휴일 아침부터 미안하다는 생각이 들었지만 마감 관계로 조금이라도 빨리 확인을 해야만 했기 때문이다. 어머니가 전화를 받았다. 오가미도리 씨는 어머니와 함께 고가네이에서 살고 있다.

나는 어머니에게, "일요일 아침에 일찍 전화드려 죄송합니다만, 업무상 급한 일이 있어서 도리야마 교코 씨와 통화하고 싶은데요"라고 말했다.

"잠깐 기다려주세요. 곧 교코를 바꿔드리겠습니다." 어머니도 정중하게 말했다.

하지만 잠시 후 오가미도리 씨의 여느 때와 다른, 기묘하

게 높고 째지는 목소리가 들려왔다. 그 목소리를 구태여 비유하자면, 옆구리 살갗을 벗겨내고 거기에 잔뜩 소금을 비벼댈 때 물개가 내지를 것 같은 목소리였다. 그렇지만 그것은 분명히 오가미도리 씨의 목소리였다.

"시끄럽─다고. 뭐야 뭐, 일요일 아침부터 짜증 나게. 일요일 하루쯤은 늦잠 좀 자게 내버려둬달라고. 빌어먹을. 뭐? 전화? 아이고, 정말 못살아. 뻔하지 뭐, 다카오겠지. 우선 화장실부터 다녀오고. 그깟 녀석 기다리게 놔둬. 어젯밤 맥주를 너무 마셔서 뱃속이 난리라니깐… 뭐라고? 다카오가 아니야? 어머머 어쩌면 좋아… 그럼 안 되는데. 아, 이거 어떡하지? 분명히 이 소리 다 들렸을 텐데."

물론 나는 그대로 전화를 끊었다. 이쪽 이름을 대지 않은 것에 하느님께 감사했다.

오가미도리 씨는 지금도 정중하게 절을 하고 다소곳하게 원고를 받아 간다. "귀족의 핏줄이라며?" 그렇게까지 말하는 사람도 있다. 나는 그럴 때는 못 들은 척하고, 그저 가만히 입을 다물고 있다.

속담

　원숭이가 말이야. 글쎄 원숭이가 있었다니까. 거짓말이 아니라고. 진짜 원숭이가 나무 위에 있었어. 그야 나도 깜짝 놀랐지. 뭔가 있는 것 같아 자세히 봤더니 원숭이 아니겠어? 난 '원숭이가 있네' 하고 쭉 쳐다보고 있었지. 그랬더니 말이야, 그 원숭이가 떨어졌다니까. 어디에서라니. 그야 나무 위에서지. 원숭이 발이 미끄러져서 나무에서 콰다앙 하고 떨어졌다고. 난 '아니, 아니, 이게 어찌 된 일이야?'라고 생각하면서 꼼짝 않고 쳐다보고 있었지. 글쎄 진짜 원숭이가 진짜로 나무에서 떨어졌으니 말이야. 콰다앙 하면서 떨어졌다니까. 왜 사람들이 흔히 말하잖아? 원숭이도 나무에서 떨어진다고. 바로 그거야. 그 속담대로라니까. 그야 놀랐지. 옛날 사람들은 참 훌륭해. 그럴듯한 말을 잘한단 말이야. 원숭이도 나무에서 떨어진다는 말도 그래. 여간해서는 그런 얘기 못 한다고. 진짜로 원숭이가 발이 미끄러져 나무에서 떨어지다니 말이야. 정말 그런 일이 일어났다니까. 속담이라는 걸 우습게 봐서는 안 돼. 옛날 사람들은 참 대단해. 그걸 다 알고 있었다는 얘기가 아니겠어? 그래서 말이야, 내가 잠깐 생각했는데, '원숭이도 나무에서 떨어진다'는 속담이 있고, 그리고 진짜로 원숭이가 나무에서 꽈다앙 하면서 떨어졌잖아. 그렇다고 그 원숭이한테, "이봐, 자네 조심해야 해. 왜 속담에도 '원숭이도 나무에서 떨어진다'고 하잖아?"라고 설교할 수는 없지 않겠어? 그렇지 않겠어? 속담이란 건 말이야, 어디까지나 비유잖아? 그렇지? 정말로 나무에서 떨어진 원숭이한테 그런 얘길 할 수 있겠어? 그런 얘기를 하면, 아무리 원숭이라도 기분 나쁠 텐데? 어떻게 그런 얘기를 할 수 있겠어. 난 못해. 그렇지만 말이야, 속담이란 건 정말 대단한 거야. 정말로 원숭이가 떨어지니 말이야. 난 정말이지 굉장히 놀랐어. 그런데 자네는 비둘기가 새총 안 먹는 거 본 적 있어? 난 있거

든. 요전번에 내가 가만히 비둘기를 보고 있으려니까, 글쎄 말이야 그 녀석이 진짜로 새총 알을 먹지 뭐야? 거짓말 아니야. 진짜라고. 야아, 정말 놀라 자빠졌지. 글쎄 비둘기가 꼬옹 하면서 새총 알을 먹더라니깐. 그래서 말이야···.

구조주의

안녕하십니까.

제발 롯폰기 거리에 대해 저한테 묻지 마세요. 롯폰기라는 거리에 대해 제가 당신에게 가르쳐드릴 만한 것은 정말 아무것도 없습니다. 뭔가 볼일이 있어서(당연한 얘기겠지만, 볼일이 없으면 저는 롯폰기 같은 곳에는 가지 않습니다) 지하철 롯폰기역에서 내립니다. 그 시점에서부터 저는 벌써 혼란스러워지기 시작합니다. 가미야초 다음이 롯폰기인지, 전이 롯폰기인지, 아무래도 생각이 나지 않는 겁니다. 그래도 어쨌든 그럭저럭 롯폰기에서 내립니다. 기분 나쁜 예감에 떨면서—아마 오늘도 잘 안 될 거야, 틀림없이—계단을 올라가 지상으로 나섭니다. 호흡을 가다듬고 가만히 주위를 둘러봅니다.

저기가 미쓰비시은행이고, 저기가 그러니까 아몬드고…
하지만 생각하면 할수록, 제 머릿속에서 혼란이 마치 암흑
속의 부드러운 진흙처럼 소리 없이 살금살금 퍼져나갑니다.
저는 어떻게든 머릿속에서 지도를 짜맞추려고 합니다. 어떻
게든 이성적으로 되려고 합니다. 하지만 저는 건물과 건물
의 상관관계를 완전히 잃어버립니다. 어느 쪽이 하이유자
극장이었지? 어느 쪽이 방위청이었지? 어느 쪽이 웨이브였
지?….

오해는 하지 마세요. 저는 결코 방향 감각이 없는 사람이
아닙니다. 오히려 지리 감각이 있는 편이라고 생각합니다.
아오야마에서든 시부야에서든 긴자에서든 신주쿠에서든,
다른 거리에서는 걷다가 도중에 길을 잃는 일 따위 단 한 번
도 없습니다. 그렇지만 믿어주셨으면 좋겠는데, 롯폰기만은
잘 안 됩니다. 롯폰기 거리에서, 저는 절대로 아무 곳에도 도
달할 수가 없습니다. 그 이유는 저 자신도 알 수 없었지만 어
쨌든 정말로 안 됩니다. 무언가, 특수한 자력 같은 것이 제
신경에 강하게 작용하는 것이 아닌지 모르겠습니다. 아니면

방위청이 비밀 전자장치를 써서 이상한 실험이라도 하고 있는 것일까요? 그것도 아니면 롯폰기에 관계되는 무엇인가가 저의 무의식 속에 있는 무엇인가를 자극해서, 전두엽의 무엇인가를 혼란시키는 건 아닌지 모르겠습니다. 이 정도밖에는 짐작되는 것이 없습니다. 롯폰기라는 거리가 이렇게까지 심하게 저를 혼란시키는 이유를 도무지 알 수가 없습니다.

그러니까 아무튼 롯폰기에 관해서는 저한테 아무것도 묻지 마세요. 그리고 구조주의에 대해서도 아무것도 묻지 마세요. 구조주의에 대해, 제가 당신에게 가르쳐드릴 수 있는 것은 아무것도 없습니다.

그러면 몸 건강히 안녕히 계십시오.

안녕.

무즙

낙타 사나이가 여느 때처럼 식사 쟁반을 들고, 지하실 계단을 비칠비칠 내려왔다. 여전히 더럽고, 추한 사나이다. 낙타 사나이는 하루하루 더 불결해지고 추해지는 것 같다. 콧물이 뚝뚝 떨어지고, 눈에는 커다란 눈곱이 끼어 있다. 앞으로 툭 튀어나온 누런 이는 다 바스러졌고, 귓밥은 때가 끼어 변색되었으며, 길게 자란 머리는 비듬투성이라 걸을 때마다 하얀 비듬이 팔랑팔랑 주변에 떨어진다. 입 냄새 또한 무척 심하다. 이러니 낙타 사나이가 가져온 식사를 어떻게 입에 대겠는가?

내가 이렇게 말하자, 낙타 사나이는 수프 접시 안에 퉤퉤 침을 뱉더니 즐거운 듯 말했다. "마음대로 해. 굶어 죽어도 난 모른다고. 하긴 어차피 넌 죽을 목숨이니까 어떻게 죽든 마찬가지겠군. 헤헤헤."

보통 때 같으면 이까짓 낙타 사나이 한두 명쯤은 내 적수가 못 된다. 하지만 지금 내 양팔은 굵은 쇠사슬로 벽에 꽁꽁 묶여 있다.

낙타 사나이는 난롯불 안에 넣어두었던 커다란 인두를 꺼내서, 새빨갛게 달궈진 인두 끝을 공중에 들어 올리고 기쁜 듯이 쳐다보았다.

"헤헤헤. 주인님이 돌아오시면, 너를 무척 귀여워해주실 거다. 여러 가지 재미있는 일을 해주실걸. 나도 거들 거야. 좀처럼 쉽게 죽이진 않지. 살려두고 오랜 시간에 걸쳐 괴롭힌다고. 그렇지만 결국엔 죽게 되지. 사모님한테 손을 대는, 하느님도 두려워하지 않는 짐승 같은 놈들은 모두 이런 혹독한 꼴을 당하게 된다고."

낙타 사나이의 말대로 지하실에는 정말로 여러 가지 고문 도구가 있다. 손가락을 하나하나 으스러뜨리기 위한 바이스가 있고, 물고문을 하기 위한 깔때기와 호스가 있고, 아이스

픽이 있고, 뜨거운 철판을 집는 집게가 있고, 가시가 달린 채찍이 있고, 레코드 선반에는 톰 존스와 아바의 레코드가 전부 갖추어져 있다.

"난 이 댁 사모님한테 손대지 않았소." 내가 말했다. 그러고 나서 "사모님한테 손대지 않았단 말이야"라고 고쳐 말했다.

낙타 사나이의 말투는 금방 전염된다.

"난 단지 사모님을 위해 차를 따랐을 뿐이야."

낙타 사나이는 키득키득 웃더니 큰 소리로 방귀를 뀌었다.

"아니지, 아니야, 난 잘 알아. 그때 네 눈에는 징그러운 욕망의 빛이 떠돌고 있었어. 사모님한테 차를 따라드리면서, 머릿속에서는 오럴 섹스를 생각하고 있었던 거야. 눈을 보면 안다니까. 난 바보가 아니거든."

"그게 아니야. 난 그때 저녁에 먹을 무즙을 생각하고 있었어."

"그것 봐, 그것 봐, 내가 말한 대로 아니야?" 낙타 사나이는 득의양양해서 말했다.

"이봐, 잠깐 기다려. 뭐가 자네가 말한 대로라는 거야?"

내가 항의했지만, 낙타 사나이는 귀를 기울이지 않았다.

"넌 이 지하실에서 철저하게 고통받으며 천천히 뜸을 들이다 죽게 되지. 헤헤헤헤."

나는 정말로 무즙을 생각했을 뿐인데 말이다.

자동응답전화기

싫어하는 것에 대해 말하자면 자동응답전화기만큼 기분 나쁜 것도 없다. 그래서 어머니가 집에 자동응답전화기를 산 것을 알았을 때, 나는 기분 나쁘다는 이야기를 하러 일부러 찾아갔다. 우리 집에서 어머니 집까지는 지하철을 갈아타고 한 시간 이상 가야 한다. 그렇지만 도저히 가만있을 수 없어서, 직접 가 잔소리를 해주려 한 것이다.

하나코가네이 블루 스카이 맨션 3층에 있는 어머니 집 초인종을 누르니 어머니는 부재중이었고, 대신에 어머니의 모습을 한 자동응답전화기가 울렸다.

"여기는 6694-7984번 도리야마입니다만, 지금 집을 비우고 있습니다. 벨이 울리면 용건을 남겨주십시오."

자동응답전화기는 이렇게 말하더니 딩동, 하고 귀여운 벨소리를 냈다.

"엄마, 난 자동응답전화기는 딱 질색이야. 일방적으로 용건을 남기라고 강요하는 것부터가 마음에 안 든다고요. 게다가 일일이 용건을 녹음해둘 생각일랑은 요만큼도 없으니까 그렇게 아세요. 흥."

나는 화가 난 김에 소리를 버럭 질렀다.

그렇지만 그건 보면 볼수록 어머니를 닮은 자동응답전화기였다. 나이에서 눈가의 잔주름까지 똑같았다. 그래서 내가 필요 이상으로 심하게 말한 것을 조금 후회했다.

"아니, 뭐 당신에 대해 개인적으로 이러쿵저러쿵 말할 생각은 없어요." 나는 목소리 톤을 조금 낮춰서 말했다. "난 말이죠, 단지 자동응답전화기라는 존재 자체를 별로 좋아하지 않을 뿐이에요. 그러니깐 뭐 특별히 당신에게 상처를 줄 생각은 없었어요. 방금 한 말은 어머니한테 한 말이에요."

어머니 모습을 한 자동응답전화기는 조용히 고개를 흔들며 말했다.

"상관없어요, 교코 씨. 그런 건 신경 쓰지 않아도 돼요. 우리는 어차피 자동응답전화기인걸요. 누가 어떻게 생각하든, 누구한테서 무슨 말을 듣든 어쩔 수 없지 않겠어요?"

"그런 말을 들으니, 정말 내 마음이 안 좋은데요."

나는 어쩐지 후처로 들어온 의붓어머니를 괴롭히는 것 같은 기분이 들었다.

"어떠세요? 모처럼 오신 거니깐, 잠깐 안에 들어오셔서 차라도 한잔하지 않겠어요? 선물로 받은 도라야의 양갱도 있거든요. 둘이서 먹어치워버립시다."

"아, 그거 좋지요"라고 나는 말했다.

나는 도라야의 양갱이라면 사족을 못 쓴다.

스타킹

자, 됐습니까? 그럼 이렇게 상상해주십시오.

작은 방입니다. 빌딩의 3층 아니면 4층이고, 유리창 너머로는 다른 빌딩이 보입니다. 방에는 아무도 없습니다. 거기에 한 남자가 들어옵니다. 나이는 20대 후반. 창백한 얼굴을 하고 있습니다. 비교적 잘생긴 얼굴이지만 별로 인상적인 얼굴은 아닙니다. 마른 편이고, 키는 대략 172센티미터 정도나 될까요?

여기까지 상상하셨습니까?

그는 까만 비닐 보스턴백을 들고 있습니다. 그것을 방 한가운데 있는 테이블 위에 쿵 하고 내려놓습니다. 무엇인가 무거운 물건이 들어 있는 것 같습니다. 그는 가방의 지퍼를 열고, 내용물을 꺼냅니다. 세일 번저 여성용 까만 스타킹이 나옵니다. 팬티스타킹이 아니라, 밴드 스타킹입니다. 전부 한 다스 정도의 스타킹이 나옵니다. 그렇지만 그는 스타킹에는 전혀 흥미가 없는지, 잘 보지도 않고 계속 마룻바닥에 집어던집니다. 까만 하이힐도 나왔지만, 그것도 툭 내던집니다. 그다음에는 대형 카세트 라디오가 나옵니다. 그는 그것을 잠깐 쳐다보더니, 별 흥미 없다는 듯이 바닥에 내려놓습니다. 그가 점점 짜증을 내기 시작하는 것이 얼굴에 나타납니다. 계속해서 담배가 대여섯 갑 나옵니다. 하이라이트입니다. 그는 포장을 뜯고 한 개비 꺼내서 시험 삼아 피워봅니다. 두서너 모금 빨더니 고개를 흔들고 발로 비벼 끕니다.

그때 갑자기 전화벨이 울립니다. 따르릉 따르릉 따르릉. 그는 조심스럽게 수화기를 듭니다. "여보세요." 그는 조용한 목소리로 말합니다.

상대방이 무엇인가를 말합니다.

"아니요. 그렇지 않습니다." 그는 대답합니다. "전혀 아닙니다. 저는 고양이를 키우지 않습니다. 담배도 피우지 않습니다. 치즈 크래커 따윈 최근 10년간 먹은 적도 없습니다. 그렇습니다. 후쿠치야마선에서 일어난 일은 저하고는 관계가 없습니다. 전혀 관계가 없습니다. 아시겠습니까?" 그러고는 전화를 툭 끊습니다.

보스턴백 안에서 반만 남은 치즈 크래커 상자가 나옵니다. 그리고 또 스타킹이 나옵니다. 이번에는 그 스타킹을 쭉 잡아당겨서 불빛에 비추어 조사해봅니다. 그리고 바지 주머니를 더듬어, 그 속에 있는 동전을 몽땅 꺼내 곁에 있는 빈 화병 속으로 툭툭 집어넣습니다. 잡아당긴 스타킹도 함께 그 속에 던져 넣습니다.

바로 그때 문에서 노크 소리가 납니다. 똑 똑 똑 똑. 그는 화병을 방구석에 숨기고 살며시 문을 엽니다. 문밖에는 빨간 나비넥타이를 맨 머리가 벗겨진 작은 사나이가 서 있습니다. 사나이는 둥글게 만 신문을 그에게 쑥 들이대며, 딱딱한 목소리로 말합니다.

자, 여기서 문제를 드리겠습니다.
이 대머리 사나이는 뭐라고 했을까요?
15초 안에 대답해주세요. 째깍 째깍 째깍.

우유

　당신, 우리 집에 우유 사러 왔죠? 어때요, 딱 알아맞혔죠? 아니 아니, 대답은 안 해도 돼요. 아무 말 안 해도 안다니까요, 그 정도쯤은. 나는 벌써 24년째 여기서 우유를 팔고 있으니까요. 당신이 저쪽에서 오는 것만 보고도 탁 머리에 감이 잡혔다고요. 아, 이 사람은 우유가 필요하구나. 우유가 먹고 싶어서, 일부러 여기까지 터덜터덜 걸어왔구나, 하고 말이죠. 어때요, 굉장하죠? 헤헤헤헤. 이러니저러니 해도 24년이나 쭉 우유를 팔아왔으니까요. 그 정도야 멀리서 힐끗 얼굴만 봐도 알 수 있다니까요.
　하지만 말입니다. 이런 말씀 드리긴 좀 뭣하지만 당신에겐 우유를 못 팔겠어요. 에, 그래요. 헤헤헤헤. 우유는 못 팝니

다. 당신에겐 못 팔아요. 울며 매달리든, 금방망이 여러 자루를 가져오든, 당신에게만은 절대로 우유를 못 팝니다. 왜 그런지 궁금하시죠? 왜 나한테는 우유를 팔지 않을까, 하고. 내가 뭐 잘못한 일이라도 있는 걸까, 하고. 헤헤헤헤. 내 말이 맞죠? 하지만 아니에요, 그렇지 않아요. 나쁜 짓 같은 것은 아무것도 안 했어요. 아무 짓도 안 했다니까요. 다만 말이죠. 제가 당신에겐 우유를 팔고 싶지 않다는 단순한 이유에서랍니다. 이건 이치가 아닙니다. 감정이라고요. 헤헤헤헤. 알겠어요?

24년이나 줄곧 우유를 팔고 있으면요, 이 녀석한테만은 우유를 팔고 싶지 않다 싶은 타입이 있거든요. 정말이에요. 거짓말이 아니라니까요. 이삼 년에 한 사람 정도밖엔 안 되지만, 분명히 그런 사람이 있다고요. 헤헤헤헤헤헤. 이상한 일이지만 얼굴을 한 번 본 것만으로 이 녀석한테만은 우유를 못 팔겠다, 절대로 팔 수 없다는 마음이 들게 하는 사람이 있다니까요. 헤헤헤헤헤헤.

네, 네, 그렇습니다. 당신에겐 우유를 못 팔겠습니다. 절대 안 팔겠다니까요. 헤헤헤헤헤헤.

굿 뉴스

여러분, 안녕하세요, 열 시 뉴스입니다. 오늘 밤에는 특별 기획으로 아주 좋은 뉴스만을 골라 보내드리겠습니다. 나쁜 뉴스는 없습니다. 안심하십시오. 마음이 따뜻해질 훈훈하고 좋은 뉴스만 전해드리겠습니다.

※ 멕시코의 대형 유조선 '시에라 마드레 호'가 오늘 새벽, 지바 앞바다에서 원인 불명의 갑작스러운 폭발로 침몰했습니다. 그러나 밤까지 승무원 120명 중 35명이 기적적으로 구출되었습니다. 구출된 승무원들은 저마다 해상보안청의 훌륭한 구조 솜씨에 감탄하고 있습니다. 정말 다행이죠? '죽는 사람이 있으면 사는 사람도 있다'는

것은 바로 이런 이야기일 겁니다.

※ 지난주 금요일에 도쿄도 분쿄구 오토와2가에서 신호를 기다리던 도쿠시마 후에(72세) 씨의 귓불을 가위로 자르고 도망쳤던 중학생이 오쓰카경찰서에 체포되었습니다. 이 중학생은 "귓불이 너무 커서 나도 모르게 들고 있던 가위로 충동적으로 잘라버렸다. 죄송하게 생각한다. 시험이 끝난 직후라 머릿속이 혼란스러워서 모든 일을 제대로 생각할 수가 없었다. 악의는 없었다"고 진술했습니다. 후에 씨는 "나는 이미 나이도 먹을 만큼 먹었고, 귓불 하나 없다고 죽는 것도 아니니까 앞날이 창창한 학생을 용서해주면 좋겠다"고 말했습니다. '이 세상을 살다 보면 악인만 있는 것은 아니다'라는 말은 바로 이런 경우를 두고 하는 말이 아닐까요?

※ 배우인 다시로 간스케(52세) 씨가 자살 미수 사건을 일으켰습니다. 오늘 오후 누 시경, 스기나미구 구가야마에

있는 자택의 자기 방에서 목을 맨 것을 부인이 발견해 응급실로 옮겼는데, 다행히 발견이 빨라 목숨은 건질 것 같습니다. 부인 말에 의하면, 다시로 씨는 1개월 전에 장암 수술을 받은 이후 늘어만 가는 치료비 때문에 힘들어했으며 또 최근에는 출연 요청이 별로 들어오지 않아서 고민이 많았다고 합니다. 한편, 동네 사람들은 반년 전에 외아들을 교통사고로 잃은 후, 사람이 완전히 변한 것 같다고 증언하고 있습니다. 담당 의사 말로는, 다시로 씨는 질식 상태가 오래 계속된 탓에 뇌 일부에 손상이 생겨, 회복해도 말을 하기는 어렵겠다고 합니다. 그렇지만 목숨은 건졌으니 다행이죠? '죽어서야 꽃이든 과실이든 맺을 수 있겠는가'라는 말은 바로 이런 경우를 가리키는 것이 아닐까요.

※ 어젯밤 열한 시경, 아오야마3가에 있는 초밥집에서 식사를 마친 남자 손님이 계산할 때가 되자 갑자기, "이렇게 값이 싼 것은 나를 우습게 봐서가 아니냐"며 트집 잡

고 난리를 피우기 시작해, 설명하려던 가게 주인을 우산 꼭지로 찌르고, 유리 진열장 등을 망치로 부수다가, 달려온 아카사카경찰서 경찰관에게 현장에서 체포되었습니다. 이 남자는 부동산업을 하는 아마노 세이키치(46세) 씨로 "비싼 초밥을 실컷 먹었고 지불할 돈도 얼마든지 갖고 있는데, 요금이 너무 싸서 나도 모르게 화가 났다"고 말했습니다. 취조를 담당한 경찰관은 "이것은 근래에 보기 드문 좋은 이야기다. 미담이다" 하고 감탄했습니다.

내일도 오늘처럼 멋진 뉴스만을 보내드릴 수 있으면 좋겠습니다.
자, 그럼 안녕히 주무십시오.

능률 좋은 죽마

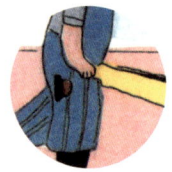

일요일 점심 전에, 무말랭이를 졸이고 있으려니까 능률 좋은 죽마가 우리 집에 찾아왔다. 내가 문을 열자, 능률 좋은 죽마가 당당히 서 있었다. 키가 나보다 머리 하나 정도 컸다.

"저, 아시겠지만, 이 세상에 저만큼 능률이 좋은 죽마는 또 없습니다." 능률 좋은 죽마는 나를 향해 도전적이고, 굉장히 빠른 어조로 말했다.

나는 깜짝 놀라서 한동안 아무 말도 할 수 없었다. "능률 좋은 죽마라고 하는 것은 구체적으로 어떻게 능률이 좋다는 것입니까?" 나는 겨우 물어보았다.

"저런 저런, 당신은 고바야시 히데오의 작품을 읽은 적이 없습니까?" 능률 좋은 죽마는 어이가 없다는 듯 역시 빠른 어조로 말했다. 콘크리트 바닥을 대나무 다리로 딸가닥딸가닥 울리면서. "고바야시 히데오의 글에 '능률 좋은 죽마'라는 말이 나오는데, 모르시는 모양이군요."

유감스럽게도 나는 고바야시 히데오의 글은 한 줄도 읽은 적이 없다. 나는 이름 없는 이공계 대학을 졸업하고, 오타구청에서 토목공사 설계 일을 하고 있다. 아마 내 주위에 고바야시 히데오의 글을 읽은 사람은 한 명도 없을 것이다.

내가 솔직하게 말하자, 능률 좋은 죽마는 화가 난 듯 "흥" 하고 작게 콧방귀를 뀌었다. 고바야시 히데오의 글을 읽은 적이 없는 인간과 더 이상 얘기해봤자 별 볼 일 없다는 듯이. 그렇지만 가려고도 하지 않는다.

"저, 그런데 도대체 무슨 용건인가요?" 나는 쭈뼛쭈뼛 능률 좋은 죽마에게 물어보았다. 어쩌면 책 같은 것을 팔러 온 건지도 모르겠다. 그렇지 않으면 좋겠는데. 지금은 월급날 직전이라 돈이 별로 없기 때문이다.

"아니요, 뭐 이렇다 할 구체적인 용건이 있는 것은 아닙니다." 능률 좋은 죽마는 묘하게 딱 부러지는 어조로 말했다.

"다만 말이죠, 저는 지금 여기 복도를 딸가닥딸가닥 소리를 내며 걷다가, 도대체 세상이 나를 얼마나 이해하는지, 문득 궁금해졌을 뿐입니다. '능률 좋은 죽마란 어떤 존재인가' 하는 것을 말이죠. 그래서 댁의 현관문을 노크한 것입니다."

나는 나의 무식함을 사과했다. "그렇다고 너무 실망하진 마세요. 내가 세상 그 자체는 아니니까요."

능률 좋은 죽마는 가슴에 달린 주머니에서 파이프를 꺼내 손바닥에 통통 두세 번 두들기더니, 다시 주머니에 집어넣었다. "그런데 당신은 모차르트의 K. 421이 단조인지 장조인지 아십니까?" 능률 좋은 죽마는 다시 한번 기회를 주겠다는 듯한 어조로 물었다.

모른다고 나는 대답했다. 당연히 그런 걸 알 리가 없지 않은가. 나는 매일 아침부터 밤까지 하수도를 만드는 일로 바쁜 사람이니까.

능률 좋은 죽마는 창백한 얼굴로 나를 노려보더니 험악하게 손가락질하면서, "거봐. 당신이 세상 그 자체인 거야!"라고 소리쳤디. 그리고는 문을 쾅 닫고 가버렸다.

뭐가 어떻게 된 영문인지 알 수 없었지만, 그 이상 말썽을 부릴 것 같지는 않아서, 나는 점심으로 따끈한 밥과 무말랭이를 먹었다.

동물원

"이봐요, 고이치로 씨. 당신 이상한 사람이야. 굉—장히, 이상해."

"조금도 이상하지 않아요. 이상한 건 오히려 당신 아니에요? 내 안에 존재하는 이 의식이라는 것이, 나를 나로서 성립시키고 있는 이것이, 도대체 무엇일까 생각하는 것은 인간으로서 당연한 일이라고 생각합니다. 그것이 도대체 어떻게 기능하는 것일까? 그리고 그것은 도대체 나를 어디로 데려가는 것일까? 댁은 그런 일을 생각하지 않는다는 말입니까?"

"오차오차오차."

"뭡니까, 그 오차오차오차라는 것은?"

"그저 놀랐을 뿐이에요. 후후후후."

"이봐요, 스가코 씨. 그런 일로 사람을 놀리면 못 써요. 사람에겐 말이죠, 진지하게 사물을 생각해야 할 때가 있는 겁니다. 당신처럼 항상 세상을 얕잡아보고 히히덕거리며 장난처럼 살다가는, 틀림없이 머지않아 따끔한 맛을 보게 됩니다."

"이것 보세요, 소 아저씨. 음메— 음메—"

"그만둬요. 코에 팔찌 같은 건 매달지 말고. 자, 이제 제발 부탁이니까, 남들 앞에서 그런 짓 좀 하지 말아요. 브래지어를 빙그르 등 쪽으로 돌려서 낙타 노릇 하는 짓도 그만둬요. 봐요, 모두 우리를 보고 있잖아요."

"아이, 시시해. 고이치로 씨는 유머가 없다니까. 모처럼 일요일에 동물원으로 데이트 와서는, 야스퍼스니 융이니 그런 얘길 할 건 없잖아요? 좀 더 재미있는 얘기를 해요. 우리, 신나게 즐기자고요. 네?"

"하지만 스가코 씨, 일요일의 동물원은 생명과 의식에 대해 우리에게 아주 많은 것을 시사해줍니다. 우리의 의식을 지탱하는 가장 중요한 요소는 기억입니다. 우리의 의식은

이들 기억의 수납 양식과 입수 능력에 의해 규정되고, 구분됩니다. 이것은⋯."

"나 좀 봐요, 고이치로 씨. 자, 넙치!"

"그만두라니까요. 땅바닥에 그렇게 납작 엎드리지 말아요. 아휴 더러워. 자, 똑바로 일어서요. 저쪽에서 어린아이가 웃잖아요? 당신은 벌써 스물여섯 살이라고요. 좀 더 어른스럽게 굴면 안 됩니까?"

"이봐요, 고이치로 씨."

"뭡니까?"

"이제 슬슬 페르소나를 교환하지 않을래요?"

"좋죠." 나는 대답했다. 그러고는 주위를 네 발로 뛰어다녔다. "히힝, 히힝, 나는 말 아이다! 누구, 나랑 씨름할 녀석 없어?"

"그만둬요, 고이치로 씨. 그렇게 바보같이 굴지 말아요." 스가코가 말했다.

인도 장수 아저씨

    대략 두 달에 한 번 정도, 인도印度 장수 아저씨가 우리 집에 온다. "슬슬 인도 장수 아저씨가 올 때가 된 것 같은데…" 하고 엄마가 말하면, 마치 그 말을 듣기라도 한 듯 이삼 일 뒤에 인도 장수 아저씨가 우리 집 현관에 모습을 나타낸다. 그래서 나는 언제나, "엄마, 인도 장수 아저씨에 대해서는 될 수 있으면 생각하지 않는 게 좋겠어. 엄마가 생각하면 언제나 인도 장수 아저씨가 오니까" 하고 말한다. 그러면 엄마는 "그러게 말이야, 엄마가 생각하는 게 잘못인가 보구나?" 하며 반성하지만, 시간이 지나면 언제 그랬냐는 듯 싹 잊어버리고, "슬슬 인도 장수 아저씨가…"라고 또 말해버린다. 그러면 며칠 내로 어김없이 인도 장수 아저씨가 우리 집 현관에 나타난다.

인도 장수는 햇볕에 잘 그을린 피부에, 목소리가 큰 아저씨다. 언제나 무거운 짐을 어깨에 짊어지고 있다. 나이는 우리 아버지 또래라고 하는데, 아버지보다 훨씬 원기 왕성해 보인다. 눈은 커다란 딱정벌레처럼 번들거린다.

"이게, 전부 다 인도 덕분이라구." 아저씨는 득의양양하게 나한테 말한다. "도련님도 말이야, 착실하게 인도를 하면 아저씨처럼 강하고 성숙한 어른으로 자라서, 분명한 이념을 지닌 인생을 살 수 있게 돼."

인도 장수 아저씨가 하는 말은 너무 어려워서 나는 잘 이해할 수 없었지만, 인도 장수 아저씨와 얘기하다 보면 언제나 왠지 야단맞는 기분이 들어서, 마음이 편치 않다. 가끔 인도 장수 아저씨는 엄마를 야단치기도 한다. 이건 굉장한 일이다. 왜냐하면 우리 아버지조차 여간해서는 엄마를 야단치지 못하기 때문이다.

"사모님, 이래서는 참 곤란합니다. 인도를 사용하는 양이 적으시네요. 전번에 왔을 때 이후로 별로 줄지 않았어요."

인도 장수 아저씨는 찬장을 조사하더니 한숨을 쉬면서 엄마한테 말한다. "이런 것은 말이죠, 제가 늘 말씀드리듯이 푹푹 써서, 자꾸자꾸 몸에 배게 하지 않으면 효과가 없다니까요. 도련님을 좀 보세요. 요즘 눈빛이 흐려지고 있지 않습니까? 멍하고 기운도 없고요. 이러면 안 됩니다. 눈을 보면 알죠. 눈을 보면 그 차이가 분명하게 나타나요. 인도 사용이 너무 적습니다. 인도가 모자란다고요. 댁의 자녀가 사랑스럽지 않습니까? 사랑스럽죠? 자, 그럼 좀 더 제대로 인도를 시키셔야죠."

"그건 그렇지만 인도 장수 아저씨," 엄마는 당황하며 변명한다. "요즘에는 발리 장수 아저씨도 오셔서요. 이웃 사람 눈치도 있고, 그분 체면도 좀 세워줘야 해서 우리도 그렇게 편치가 않아요. 그야 인도가 좋다는 건 잘 알고 있지만요…."

"발리 장수!" 인도 장수 아저씨는 깔보듯이 점점 더 큰 목소리로 말한다. "발리 장수 따윈 말이죠, 사모님, 그건 껍데기일 뿐입니다. 그저 선전뿐이라니까요. 역시 제대로 하려면 누가 뭐래도 인도죠. 첫째 물건이 다르다니까요, 물건이."

그렇게 해서, 엄마는 또 인도를 조금 사게 된다. 그런 장면을 보고 있으면, 역시 인도 장수 아저씨는 대단하다는 생각이 든다.

천장 속

우리 집 천장 속에 난쟁이가 살고 있다고 아내가 처음 이야기한 것은 설날이었다.

"여보, 천장을 좀 살펴봐줘." 아내가 말했다.

그때 나는 텔레비전을 보면서 기분 좋게 맥주를 마시고 있었다. 느닷없는 말이었다.

"난쟁이라니. 도대체 어떤 난쟁인데?" 나는 짜증스러운 목소리로 아내에게 말했다. "도대체 이름이 뭐야?"

"나오미."

"그게 남자야, 여자야?"

"그것까지는 몰라." 아내는 고개를 흔들면서 말했다. "이름밖에 몰라."

할 수 없이 나는 손전등을 들고 천장 속을 들여다보기로 했다. 벽장 위쪽의 판자를 젖히면 천장 속을 들여다볼 수 있다. 나는 벽장 가운데 단 위에 올라서서 손전등 불빛으로 천장 속을 빙 둘러 비춰보았다. 난쟁이 따윈 없었다.

"아무것도 없잖아." 나는 아내에게 소리쳤다.

"아니야. 나오미는 분명히 거기 있다니까. 당신한테 그 모습이 보이지 않을 뿐이야. 난 알아."

"당신, 피곤한 모양이군. 호르몬제라도 먹고 푹 자. 아침이 되면 쓸데없는 난쟁이 따윈 잊어버리게 될 테니까."

그렇지만 아내는 쉽게 잊지 못했다. 그녀는 언제까지고 집요하게 천장 속의 나오미 얘기를 되풀이했다.

"나오미는 천장 속에서, 꼼짝 않고 언제나 우리를 관찰하고 있어. 나오미는 우리 두 사람 일이라면 모르는 게 없다니까."

그 말을 들으니 점점 기분이 나빠졌다. 나는 다시 한번 손전등을 들고 천장 속을 들여다보았다. 이번에는 거기서 나오미의 모습을 볼 수 있었다. 나오미는 12센티미터 정도의 키에 얼굴은 아내와 똑같고, 몸은 작은 강아지 모습이었다.

꼬랑지가 짧고 반점이 있는 강아지다. 나오미는 거기에 앉아서, 꼼짝 않고 내 얼굴을 쳐다보았다. 그 모습을 보자 조금 소름이 끼쳤지만, 겁먹고 있을 수는 없었다.

"이봐, 너, 거기서 뭘 하고 있는 거야? 여기는 우리 집 지붕 속이야. 네 맘대로 이런 데 있으면 곤란해. 꺼져버려. 꺼져버리라고. 이 멍청아."

나오미는 내 얼굴을 물끄러미 바라볼 뿐, 아무 말도 하지 않았다. 그 눈은 작은 얼음덩어리처럼 차디차게 얼어붙어 있었다.

나는 판자를 원래대로 해놓고 벽장에서 나왔다. 굉장히 목이 말랐다. 맥주를 마시고 싶었다. 그런데 그곳은 이미 내 집이 아니었다. 거기에는 텔레비전도 없고, 냉장고도 없고, 아내의 모습도 없고, 설날도 없었다.

모쇼모쇼

월요일에 보초보초 일을 도와주었더니, 수요일에 모쇼모쇼가 나를 찾아왔다.

"오랜만입니다, 선생님. 지난번에는 보초보초가 무척 신세를 졌다지요." 모쇼모쇼가 말했다.

"아, 그 정도쯤은 별것 아닙니다. 일본인으로서 당연히 해야 할 일을 했을 뿐입니다." 나는 비교적 겸손하다.

"아니, 뭘 그렇게 남 대하듯 서먹하게 말씀하십니까? 다른 사람도 아닌 이 모쇼모쇼한테는 그렇게 겸손하게 말씀하시지 않아도 됩니다" 하면서 모쇼모쇼는 얼굴 앞에서 손을 부채처럼 팔랑팔랑 흔들었다. "그래서 말인데요. 이런 짓 한다고 혹시 기분 나빠 하실시 보르겠지만, 어디까지나 제 마음의 표시라고 생각하시고, 기분 좋게 받아주시면 좋겠어요."

그러면서 종이봉투를 내밀었다. 들여다보니, 그 속에는 쿠랴쿠랴가 들어 있었다.

"아니, 모쇼모쇼 씨, 아무리 그래도 이런 것을 받을 수는 없어요. 이건 쿠랴쿠랴 아닙니까?" 나는 놀라서 말했다.

"저런, 쿠랴쿠랴를 안 좋아하십니까?"

"아니요. 물론 싫어하는 건 아닙니다만…."

"그러면 됐지 않습니까, 선생님. 지금 받기 뭣하시면 일단 여기에 놔두고 갈 테니까, 좋으실 대로 사용하시지요."

극구 사양했지만 결국 모쇼모쇼는 쿠랴쿠랴가 들어 있는 봉투를 현관에 두고 가버렸다. 나는 어떻게 해야 할지 몰라, 봉투를 옷장 속 깊이 숨겨두었다. 그런 것을 현관에 그냥 놔둘 수는 없다. 아내한테 들키면 오해받기 십상이다. 모쇼모쇼가 감사의 뜻으로 갖다줬다고 말해봤자, 누가 그 말을 믿어주겠는가? 애당초 보초보초 일 따윈 모르는 척했으면 좋았을 텐데. 어울리지 않게 자비를 베풀었다가 이런 꼴이 되었다.

나는 너무 난처해서 보초보초에게 전화를 걸었다.

"저기, 아까 모쇼모쇼가 우리 집에 와서 쿠랴쿠랴를 두고 갔네. 사례라면서 말이야. 무척 곤란하게 됐어."

"괜찮아요, 선생님. 그런 건 신경 안 쓰셔도 돼요." 보초보초가 말했다. "모쇼모쇼는 세무서에 대한 대책으로, 어쨌든 그걸 누군가에게 줘야만 하거든요. 받아두세요. 받아두세요. 그거, 꽤 괜찮은 거예요. 사모님께는 제가 적당히 말씀드릴게요. 눈 딱 감고 그냥 받아두세요."

그렇게 해서, 나는 지금 쿠랴쿠랴에 매우 만족하고 있다. 사용해보니 생각했던 것보다 훨씬 괜찮다. 이제는 손에서 놓지 못할 것 같다.

한다 내리려 세찬비가

이것은 소설이 아니라 정말로 있었던 이야기다.

그즈음 나는 고쿠분지에 살고 있었는데, 어느 날 지하철을 타고 무사시고가네이역 앞에 있는 생제르망에 빵을 사러 갔다. 어째서 고쿠분지에 살게 되었는지, 그리고 어째서 무사시고가네이까지 일부러 지하철을 타고 빵을 사러 가게 되었는지(겨우 한 정거장이지만)에 대해 설명하자면 이야기가 굉장히 길어지기 때문에 생략하겠다.

나는 지금 보스턴에 있는 내 방에서, 바나나 리퍼블릭의 티셔츠를 입고, 커다란 머그잔에 커피를 마시며, 지난번 타워 레코드 가게에서 사온 「밥 딜런 그레이티스트 히트 Vol. 2」 CD를 들으면서 이 원고를 쓰고 있다. 내가 어떤 이유로,

마치 변덕스러운 바람에 실려 온 나뭇잎처럼, 이런 장소와 상황 속에 오게 되었는가 하는 사정을 처음부터 설명하면 어지간한 책 한 권이 된다. 거짓말이 아니라 정말로 쓸 수 있다. 바나나 리퍼블릭의 티셔츠에 관해서 한 장, 밥 딜런에 관해서 또 한 장… 이런 식으로. 나로서는 그런 책을 읽으려는 사람이 있으리라고는 도저히 생각할 수 없지만 말이다.

그러니까 특별히 설명은 하지 않겠다. 그렇지 않아도 짧은 원고다. 아무튼 내가 고쿠분지에서 혼자 지하철을 타고, 무사시고가네이까지 빵을 사러 가는 모습을 상상하기 바란다.

나는 아직 20대고, 머리는 지금보다 길다. 시부야의 백드롭이라는 가게—아직도 있을까?—에서 산 화려한 스타디움 점퍼를 입고 있다(지금도 갖고 있다). 아직 소설은 쓰고 있지 않을 때다. 결혼했고, 고양이를 세 마리 키우고 있다. 의회제 민주주의에 불신감을 가지고 있으며, 한 번도 투표한 적이 없다. 「우드스톡」은 세 번 보았다. 주오선 지하철은 벽돌색이고(정말 그랬던가?) 계절은 가을이다. 많은 빚을 지고 있어도, 프로 야구에서 이미 자이언츠의 우승이 확실해도 역시 가을은 아름답다.

그런데 무사시고가네이역 개찰구를 나오려 할 때, 내가 차표를 잃어버린 사실을 깨달았다. 아무리 사방을 둘러봐도 표는 보이지 않는다. 마치 타임 워프라도 해버린 것처럼. '겨우 한 정거장인데, 어쩌다 표를 잃어버렸을까' 하고 당신은 의아하게 생각할지 모른다. 혹은 그렇지 않을지도 모른다(나는 툭하면 표를 잃어버린다). 어쨌든 무사시고가네이역의 역무원은 내가 고쿠분지에서 왔다는 사실을 전혀 믿지 않는다.

"이봐요, 손님. 표를 잃어버린 사람은 대부분 당신처럼 딱 한 정거장만 타고 왔다고 말한다니까요. 정말 속보여요."

그 역무원은 마치 접시에 신문지를 잘게 썰어 담은 것을 저녁 식사로 받아 든 사람처럼 몹시 불쾌한 얼굴로 말했다. 나는 정말로 고쿠분지에서 지하철을 타고 빵을 사러 왔을 뿐인데.

그 뒤 20년 가까운 세월이 흐르는 동안, 나는 수많은 불쾌한 일을 겪어왔다. 너무 괴로워서 잠을 이루지 못한 적도 있었다. 그렇지만 이제 대부분 잊어버렸다. 그리고 앞으로도

계속 잊어갈 것이다. 누가 뭐라 해도, 그 기분 좋은 가을날 아침에 무사시고가네이역에서 표를 잃어버리고 타고 온 구간을 의심받았던 일에 비한다면, 흥.

거짓말쟁이 니콜

　거짓말쟁이 니콜은 진구마2가에 살고 있고, 가끔 나한테 놀러 온다. 누가 그런 이름을 붙였는지 모르지만, 동네 사람들은 모두 그녀를 '거짓말쟁이 니콜'이라 부른다. 니콜이라지만 머리끝부터 발끝까지 일본인이다. 어째서 그런 이름을 갖게 되었는지, 그 사정은 나도 모른다. 아무튼 거짓말쟁이 니콜은 이름대로 거짓말을 잘한다. 거짓말이 틀림없다는 걸 알면서도, 자기도 모르게 속게 된다. 굉장한 재능이다. 아무나 할 수 있는 일이 아니다.

　지난달에도 그녀는 나를 찾아와서, 아주 중요한 비밀을 나에게만 털어놓고 싶다고 했다. "사실 난 태어날 때부터 젖이 세 개였어요" 하고 진지한 얼굴로 말을 꺼냈다.

나는 아무렇지도 않은 얼굴로 받아넘겼다.

"거짓말이 아니에요." 거짓말쟁이 니콜은 훌쩍훌쩍 울면서 말했다. "진짜로 거짓말이 아니라고요. 난 젖이 세 개나 있어요. 보통 사람은 둘밖에 없잖아요, 그렇죠?"

"내가 아는 한은 그렇지."

나는 그녀의 가슴을 보았다. 하얀 블라우스 위를 보는 한, 유방은 두 개처럼 보였다.

"세 번째 것은 작거든요." 거짓말쟁이 니콜은 설명했다. "한가운데에 아주 작게 붙어 있어요. 작긴 해도 젖꼭지도 붙어 있어요. 거짓말이 아니에요. 부끄럽지만, 용기를 내서 선생님한테만 특별히 보여드릴게요. 그러니까 만 엔만 주세요."

나는 처음부터 그런 이야기는 뻔한 거짓말이라고 생각하고 있었지만, 이 대담한 거짓말이 앞으로 어떻게 전개될지 흥미도 있었고, 만 엔 정도면 괜찮다고 생각했다. 마침 이틀 전에 꽤 거액의 원고료를 받은 참이었다.

"좋아, 진짜로 보여준다면 만 엔 주지."

"부끄러우니까 전깃불을 꺼주실래요?" 그녀는 얼굴을 붉게 물들이며 말했다.

나는 현관의 전기를 껐다. 이미 저녁 무렵이었기 때문에 조금 어두웠지만, 젖이 두 개인지 세 개인지는 알아볼 수 있을 정도였다. 거짓말쟁이 니콜은 블라우스 단추를 천천히 풀더니, 획 하고 앞을 벌렸다 닫았다. 분명히 브래지어 컵과 컵 사이에 조금 봉긋한 부분이 보이긴 했다. 하지만 그건 종이 점토를 붙여놓은 것처럼 보이기도 했다.

"다시 한번 천천히 보지 않고는 잘 모르겠는걸. 그것 가지고는 만 엔을 줄 수 없어."

내가 불평하자, 거짓말쟁이 니콜은 갑자기 현관에 쓰러지듯 주저앉으며 큰 소리로 울기 시작했다.

"아아, 소설가 따위를 믿는 게 아니었어. 내가 바보였어. 내가 제일 창피스러워하는 걸 보여줬는데도, 약속한 만 엔을 주지 않잖아. 거짓말쟁이, 거짓말쟁이. 호색한, 비열한 놈."

그때 마침 공교롭게도 구로네코 야마토 택배의 배달원이 짐을 가지고 왔기 때문에, 나는 그녀에게 만 엔을 주지 않을 수 없었다. 그런 이야기를 현관에서 큰 소리로 떠들어대면 견뎌낼 재간이 없다. 하지만 그건 종이 점토였다, 분명히.

새빨간 양귀비

  어머니 어깨를 주물러드려야겠다고 생각하고, 햇살이 가득 비치고 있는 툇마루에 나갔더니, 어머니 모습은 보이지 않고, 마당에서 새빨간 양귀비만 웃고 있을 뿐이었다. 방석이 하나, 버려진 것처럼 외롭게 그 자리에 남아 있었다.

  "하하하하하하." 양귀비는 소리를 내면서 웃었다. 마치 '하'라는 글자를 한 줄로 나란히 늘어놓고, 하나하나 차례로 읽어나가는 것 같은, 그런 웃음이었다.

  나는 그 부근을 대충 살펴보았지만, 역시 어머니 모습을 어디에서도 찾을 수 없었다.

  "어머니" 하고 큰 소리로 불러보았지만 대답이 없었다. 양귀비는 그동안에도 계속 같은 투로 웃고 있었다.

"하하하하하하하하."

"어머니는 어디 계시지?" 나는 툇마루에 서서, 웃고 있는 새빨간 양귀비를 향해 단호한 목소리로 물었다.

하지만 새빨간 양귀비는 그 물음에 대답하지 않았다. "하하하하하하하하" 하고 계속 웃을 뿐이었다.

"이봐, 넌 어머니가 어디에 계신지 알고 있지? 어머니는 툇마루에서 내가 어깨를 주무르러 올 것을 기다리셨고, 다리가 불편하니 그렇게 멀리는 못 가셨을 거야. 넌 거기에 쭉 있었으니까, 어머니가 어디로 가셨는지 봤을 거 아냐? 바보처럼 웃지만 말고 빨리 가르쳐줘. 난 바쁘다고."

"하하하하." 양귀비는 좀 더 큰 소리로 웃었다. "하하하하하하하하."

"설마 네가 어머니를 잡아먹은 건 아니겠지?" 나는 걱정이 돼서 물었다.

"하하하하 하하하 하하하하하." 양귀비는 한층 더 심하게 웃어댔다.

도대체 뭐가 그렇게 우스운지 나는 통 알 수가 없었다. 그렇지만 양귀비의 웃음소리를 듣고 있는 동안 왠지 나도 점점 우스워졌다. 나도 모르게 볼 표정이 부드러워지면서 웃음이 새어 나왔다.

"너, 진짜로 어머니를 먹어버린 거야?" 나는 웃음을 참으면서 물어보았지만, 곧 나도 모르게 웃음을 터뜨렸다. "하하하하" 하고 나도 '하'라는 글자를 읽어나가는 것처럼 웃었다.

내가 웃자, 양귀비는 좀 더 심하게 웃었다. 글자 그대로 포복절도하며 웃고 그 부근을 데굴데굴 굴렀다. 양귀비는 휴— 휴— 숨을 몰아쉬었고, 이마에는 땀까지 맺혔다. 그런데도 웃음을 멈추지 않았다. 이윽고 양귀비는 너무 웃어서 경련을 일으키기 시작했고, 실룩거리며 튀기 시작했다. 그러다 배를 비틀자, 입에서 어머니가 툭 튀어나왔다.

"저런 저런."

나는 고개를 절레절레 흔들었다.

우리 어머니는 옛날부터 간지럼 태우기를 무척 잘하셨다.

이야기의 효용에 대하여
혹은 한밤중의 기적에 대하여,

소녀가 소년에게 묻는다. "너, 나를 얼마나 좋아해?"

소년은 한참 생각하고 나서, 조용한 목소리로 "한밤중의 기적 소리만큼"이라고 대답한다.

소녀는 잠자코 다음 이야기를 기다린다. 거기에는 틀림없이 뭔가 관련된 이야기가 있을 것이다.

"어느 날, 밤중에 문득 잠이 깨." 소년이 이야기하기 시작한다. "정확한 시간은 알 수 없어. 아마 두 시나 세 시, 그쯤일 거야. 하지만 몇 시인가는 그다지 중요하지 않아. 어쨌든 한밤중이고, 나는 완전히 외톨이고, 내 주위에는 아무도 없어. 한번 상상해봐. 주위는 캄캄하고, 아무것도 보이지 않아. 소리도 전혀 안 들려. 시곗바늘이 움직이는 소리조차 들리지 않아─시계가 멈춰버렸는지도 모르지. 나는 갑자기, 내가 알고 있는 모든 사람에게서, 내가 알고 있는 모든 장소로부터, 믿을 수 없을 만큼 멀리 떨어져 있고, 격리되어 있다고 느껴. 이 넓은 세상에서 아무한테도 사랑받지 못하고, 아무도 말을 걸어주지 않고, 아무도 기억해주지 않는 그런 존재가 되어버렸다는 것을 알게 돼. 내가 이대로 사라진대도 아무도 모를 거야. 그건 마치 두꺼운 쇠상자에 갇힌 채, 깊은 바닷속에 가라앉은 것 같은 느낌이야. 기압 때문에 심장이 아파서, 그대로 쩍 하고 두 조각으로 갈라져버릴 것 같은─그런 느낌이야. 이해할 수 있겠어?"

소녀는 끄덕인다. 아마 이해할 수 있으리라고 생각한다.

소년은 말을 계속한다. "그건 아마 사람이 살아가면서 경험하는 가장 괴로운 일 중 하나일 거야. 정말이지 그대로 죽어버리고 싶을 만큼 슬프고 괴로운 그런 느낌이야. 아니, 그렇지 않아. 죽고 싶은 것이 아니고, 그대로 내버려두면 상자 안의 공기가 희박해져서 정말로 죽어버릴 거야. 이건 비유가 아니야. 사실이야. 이게 한밤중에 홀로 잠이 깬다는 것의 의미야. 이것도 알 수 있겠어?"

소녀는 잠자코 다시 고개를 끄덕인다.

소년은 잠시 사이를 둔다.

"그런데 그때 저 멀리서 기적 소리가 들려. 아주 아주 먼 곳에서 들려오는 기적 소리야. 도대체 어디에 철로가 있는지, 나도 모르겠어. 그만큼 멀리서 들려오거든. 들릴 듯 말 듯 한 소리야. 그렇지만 그게 기차 기적 소리라는 걸 난 알아. 틀림없어. 난 어둠 속에서 가만히 귀를 기울여. 그리고 다시 한번, 그 기적 소리를 들어. 그러자 내 심장의 통증은 멈추고 시곗바늘도 움직이기 시작해. 쇳상자는 해면 위로 천천히 떠올라. 모두가 그 작은 기적 소리 덕분이야. 들릴 듯 말 듯 한 정도로 작은 기적 소리 덕분이지. 난 그 기적 소리만큼 너를 사랑해."

거기서 소년의 짧은 이야기는 끝난다.

이번에는 소녀가 자기 이야기를 하기 시작한다.

라면의 노래 | 아침부터 | 덤—

(「천사의 해머」의 멜로디로)

맛있는 죽순 절임
훈제 돼지고기 모닝
아침부터 라면, 아이 좋아라
김은 따끈따끈
파는 초록빛
이것만 있으면 마이 브라더즈 앤드 마이 시스터즈
이젠, 만족

후후 불어가며 먹는다
마른 죽순 모닝
아침부터 라면, 아이 좋아라
그대와 둘이서
볼을 빨갛게 물들이고
이것만 있으면 마이 브라더즈 앤드 마이 시스터즈
이젠, 만족

안 먹으면 손해
라면 인 더 모닝
오늘도 하루 종일 밝게 지내야지
김도 먹었고
수프도 먹었고
이만큼 먹었으면 마이 브라더즈 앤드 마이 시스터즈
이젠, 만족

후기, 하나

　이 책에 수록된 짧은 단편(이라는 것도 이상한 표현이지만, 달리 적당한 말이 생각나지 않아서)들은, 사실 잡지에 광고 시리즈로 쓰인 것이다. 제1부에 수록된 작품들은 'J. 프레스'의 양복을 위해, 제2부는 '파카 만년필'을 위해 썼다. 그렇다고 이야기의 내용이 양복이나 만년필과 관계가 있느냐 하면 전혀 그렇지 않다. 다만 내가 마음대로 짧은 이야기를 쓰고, 안자이 미즈마루 씨가 그 글에 맞추어 그림을 그리고, 그 옆에 덤처럼 제품 광고가 실렸을 뿐이다. J. 프레스 시리즈는 『맨스 클럽』 등에, 파카 만년필 시리즈는 『태양』에 게재되었다. 광고로서 실제로 얼마만큼 효과가 있었는지 나로서는 알 길이 없고, 또 그걸 생각하면 진땀이 나므로 솔직히 말해 별로 생각하고 싶지 않다.

　이 시리즈 광고를 처음 생각하고 의뢰한 사람은 이토이 시게사토 씨인데, "있잖아요, 마음 내키는 대로 짧은 글을 써주세요. 즐거운 마음으로 써주기만 하면 어떤 것이든 괜찮으니까요"라고 해서, 여러 해에 걸쳐 한 달에 한 편씩 이런 글을 써온 것이다. 이 일은 매우 즐거웠기 때문에, 그후 몇 년이 지나고 나서 미즈마루 씨와 나는 다시 한번 해보기로 했는데, 이번에는 파카 만년필이 스폰서가 되어주었다. 그러니까 파카 만년필 시리즈는 이토이 씨의 아이디어를 다른 매체에서 그대로 답습해 사용한 셈이다.

 '이런 짧은 글을 매달 쓰려면 꽤 힘들겠지?'라고 생각하는 독자도 있을지 모르지만(실제로 그런 이야기를 해준 사람은 아무도 없었지만), 사실 그다지 힘들지는 않았다. 왜냐하면 이 시리즈를 연재하고 있을 때 마침 나는 집중적으로 장편소설을 쓰던 중이었기 때문에, 틈틈이 이 정도 길이의 짧은 글을 쓰는 일은 오히려 긴장을 풀 수 있어 기분 전환이 되었기 때문이다. 그리고 솔직히 고백하자면 나는 이런 종류의, 그다지 유용하다고는 할 수 없는―그리고 때때로 거의 아무 의미가 없는―짧은 글 쓰기를 무척 좋아한다. 말은 이렇게 했지만, 나노 나름대로 이것저것 있는 지혜, 없는 지혜를 짜냈던 것만은 사실이다. 배나무 밑에 누워서, 배가 저절로 떨어지기를 그저 기다리기만 했던 것은 아니다. 음— 아마도 그렇지는 않았다.

광고를 위해 실제로 쓴 작품 수는 좀 더 많지만, 책으로 간행하기로 했을 때 전체적인 톤을 조정하기 위해 그중에서 여덟 편을 빼고, 두 편을 새로 썼다.

안자이 미즈마루 씨와 함께 일하는 것은 언제나 즐겁고 편하다. 영어로 말한다면 '나이스 앤드 이지nice and easy'라는 표현이 딱 맞는다. 나는 자주 미즈마루 씨와 짝이 돼서 일을 하는데, 미즈마루 씨의 그림에는 옆에 있는 글을 도와주고 격려해주는 무언가가 있는 것 같다. 예전의 그림은 크기가 맞지 않아 미즈마루 씨는 제1부의 그림을 이 책을 위해 전부 다시 그렸다.

덤 부분의 「아침부터 라면의 노래」는 「천사의 해머If I Had a Hammer」에 일본어 가사를 붙인다면 어떤 글이 좋을까 하고 이것저것 생각하다가(어째서 이런 한가한 생각을 했는지 지금은 전혀 기억나지 않는다), If I had a hammer의 '해머'의 운을 달려면 역시 '맨마죽순 절임'밖에 없겠다는, 상당히 소모적인 결론에 도달함으로써 나온 것이다. 사실 나는 라면을 싫어해서 라면집 앞을 지나가는 것조차 싫어하지만, 어찌 된 일인지 슬슬 빨려들듯이 숙명적으로 이 라면 노래를 만들었다. 마음에 들면 마음대로 멜로디를 붙여서 노래해주기 바란다.

「새빨간 양귀비」는 동요에 있는 "엄마, 어깨를 두드려요… 새빨간 양귀비가 웃고 있어요…"라는 가사의 1절에서 힌트를 얻어 썼다. 어릴 때부터 쭉 양귀비는 도대체 어떤 얼굴로, 어떻게 웃는지 궁금했던 것이다. 오래된 의문이 토브 후퍼미국의 공포영화 감독 식으로 풀려서 무척 기쁘다…라고 할 정도는 아니지만.

이 책에 수록된 이야기의 모델은 일절 존재하지 않는다. 예컨대 「크로켓」에 나오는 출판사 K사는 '고단샤'가 아니다. 「거짓말쟁이 니콜」은 의류 메이커 '니콜'과 무관하다. 조치대학에 '도넛연구회'라는 모임은 존재하지 않는다—적어도 내가 아는 한은 없다. 「무시쿠보 노인의 습격」은 가나가와현 오이소초에 있는 '무시쿠보 양로원'과 아무 관계 없는 이야기다.

마지막으로 아이디어를 다시 사용하는 것을 쾌히 승낙해준 이토이 시게사토 씨에게 감사드린다.

이토이 씨의 아이디어가 아니었다면 이와 같은 일련의 작품은 생겨나지 못했을 것이다. 이런 이야기를 자진해서 서른 개나 마흔 개씩 집중적으로 쓸 수는 없을 테니까. 연재하는 데는 (당시) '이토이사무소'의 이시이 모토히로 씨에게도 여러 가지로 신세를 졌다.

그리고 제2부의 잡지 연재와 이 책의 편집을 혼자 도맡아서 동분서주한 오가미도리 씨—믿지 않을지 모르지만, 이 책에 나오는 동명의 인물과는 전혀 관계가 없다—에게 감사드린다.

1995년 4월 1일
무라카미 하루키

후기,
둘

 무라카미 하루키 씨와 J. 프레스 광고의 연재를 시작한 것은 꽤 오래전 일이다. 작업 장소도 지금의 미나미 아야마4가가 아니라 5가였다. 꽤 오래전이라고는 했지만, 5가에서 4가로 이사한 것이 4년 전이니까, 그전부터 둘이 함께 일을 해 온 셈이다.
 5가의 작업실 창으로는 벚나무가 가득 심긴 이웃집 마당이 보여서, 봄에는 일을 하며 꽃구경을 할 수 있었다. 벚꽃을 보면서 하는 J. 프레스의 일러스트레이션 작업은 즐거웠다. 하루키 씨는 원고를 마감 날에 맞춰서 꼬박꼬박 쓰는 사람이라, 그 점에서도 힘이 안 들었다. 즐거운 시간을 보내면서 그림을 그릴 수 있었다. 나는 비교적 그림 그리는 데 시간이 걸리지 않는 편이지만 뭐라고 할까, 호흡이 맞지 않으면 성냥개비 한 개를 그릴 때도 같은 그림을 천 장 이상 그려도 마음에 드는 것이 나오지 않는 경우가 있다. 당연히 밤샘을 한다고 해서 마음에 드는 작품이 나오는 것도 아니다.

이번에 단행본으로 출간하기 위해 J. 프레스의 그림을 전부 새로 그린 것은, 광고할 때의 일러스트레이션 크기가 나무젓가락을 집어넣는 종이봉투처럼 옆으로 길쭉했기 때문이다. 그 형태로는 단행본에 수록하기 어렵다.

어쨌든 간에, 하루키 씨의 초현실주의적인 단편소설은 정말 즐거웠다. 무엇이 튀어나올지 알 수 없는 요술 상자를 여는 것 같아 늘 가슴이 두근두근하곤 했다. 두근두근하고, 조금 웃다가, 이상한 기분이 들고, 그러고 나서 마음속의 영상 스위치를 누르고, 그림에 착수했다.

그동안 하루키 씨는 보스턴에 있었는데, 왠지 편지를 주고받는 것 같은 느낌이 들기도 했다. 그렇기는 해도 매달 원고가 제시간에 잘 도착했다.

이 책을 내기까지 도와주신 많은 분들께 감사드린다.

1995년 4월 10일
안자이 미즈마루

옮긴이 김춘미
이화여자대학교 영문학과 및 한국외국어대학교 대학원 일본어과를 졸업했다.
도쿄대학교 비교문학연구실 객원교수 및 고려대학교 일어일문학과 교수를 역임했으며
현재 고려대학교 글로벌일본연구원 일본번역원장이다.
옮긴 책으로는 『해변의 카프카』 『인간 실격』 『물의 가족』 등이 있다.

밤의 거미원숭이

1판 1쇄 2003년 5월 30일
2판 1쇄 2008년 6월 5일
3판 1쇄 2025년 10월 20일
3판 2쇄 2025년 11월 14일

지은이 무라카미 하루키
그린이 안자이 미즈마루
옮긴이 김춘미

펴낸이 임주현
펴낸곳 (주)문학사상
주소 경기도 파주시 회동길 363-8, 201호(10881)
등록 1973년 3월 21일 제1-137호

전화 031) 946-8503
팩스 031) 955-9912
홈페이지 www.munsa.co.kr
이메일 munsa@munsa.co.kr

ISBN 978-89-7012-181-9 02830

잘못 만들어진 책은 구입처에서 교환해 드립니다.
가격은 뒤표지에 표시되어 있습니다.